一枚诗歌沙龙，参加者：严力、吕德安、李笠、冰释之、李天靖、陆渔、曲铭、王凯、聂孟芳等，2015.5

在伏尔塔瓦河游轮上与爱尔兰诗人 Daniel Daly 和巴黎戏剧评论家 Martine Daly，后者为一枚诗歌法文译者 Martine Daly ，2016.9

在斯德哥尔摩音乐厅前，旁边为诗人北塔，2016 年

# 自由的重量

李占刚

## 闯入者

去年的 4 月 16 日，我带着我的爱猫"闪电"从太仓浏河开车回上海，中间绕道去在昆山锦溪的苏州诗院，给祁国送我刚出版不久的诗集《独白》和散文集《奔向泰山》。

喝完茶交接完书后，祁国让我捎他到上海，说是参加艺术家一枚的婚礼。那天一路大雨，边开车边想，这个一枚怎么赶上了这么个天气。

到了华东师大国际汉语教研基地展厅，祁国说到了，既然来了，就上楼去看看。我跟祁国上了三楼，发现并没有一点婚礼现场的气氛，穿过一道走廊，才看到墙上展示着很多具有当代气息的摄影作品，在拱形门大厅里，正开着诗歌朗诵会。一屋子人，除了严力、春野等几个老朋友，基本都不认识。最觉得纳闷的是，"婚礼"只有"新娘"一枚一个人，而没有新郎。我礼貌地坐了一会儿，就溜出来欣赏一枚的摄影作品。等返回大厅时，"婚礼"已进入第二个环节 ——"新娘"与每一个人拥抱。后来是集体合影，"新娘"一枚在嘉宾面前甩着长发走来走去，我也被摄进镜头。

我一心惦记着车中的闪电。拍完合影，就匆匆跑了出来，还是冒着大雨带着闪电把车开回了浦东。后来的情况是，听一枚说，在照片发布出来后，发现在嘉宾中有一个陌生的闯入者，这个人就是我。当她问到那天为什么没有留下吃"喜宴"，我说车里还有闪电。她概括说，你这人可能总是在重要和次重要的之间选择次重要的。

那天，一枚总体艺术（Total Art）展的题目是《头发与世界的关系》。印象中，摄影作品基本都是在不同光影里她的发丝对各种文化、自然环境的介入或闯入，把人忽地引入一个陌生的世界，令人想入非非又心如止水。这些作品大都指向一个主题，就是一枚所建构的她与世界的既严肃紧张又自由开放的关系。这种复杂的关系世界，被多才多艺的一枚又用诗歌语言精准地表达出来：

被束缚的自由
被绑架的肉身
自由 太沉
自由自在 太轻
——《我自由的日子接二连三》


## 被束缚的自由


一枚写诗几乎是横空出世。从她提供的诗歌文本里，可追溯的最早的写作时间也只是到 2014 年，因此从她的诗作中寻找厚重的历史感是徒劳的，但这并不意味着她本人诗意历史的短暂和贫乏。如果把她的诗歌看成个人加入其中的大历史的感性横断面，那么没有她长期被束缚、被压抑的生命事件及其感悟，就不会有一枚枚诗歌炸弹在她的空间、在上海、在世界各地频频炸响，与她的摄影作品、行为艺术一起，如缓缓落下的光柱和弹片，发出耀眼的光亮和声响。

"自由"，或许是人类创造的最似是而非的概念。从中国古代的"由于自己"到现代汉语的"不受拘束"；从古拉丁语中 Liberta "从束缚中解放出来"到古希腊的与"解放"同义，再到现代英语 liberty 的"解放"，似乎都在说"自由"是一种人的存在状态，这种存在不受除了自己意志和天性外的任何束缚，但在康德看来，人类对自由的理性过于自信，其实是非常糊涂、鲁莽和自以为是的，因为"自由"并不是现象界（此岸）的东西，而是本体界（彼岸）的东西，所以"自由"是要靠信仰而不是靠人的理性去把握的。在本体界（彼岸）只有三样东西：上帝、不朽和自由。

一枚用感性、通灵的诗歌来把握"自由"。"自由"一词，在一枚的诗歌中占有显著位置，似乎她的全部诗歌都在感知"自由"，还几乎触碰到了"自由"的秘境。

从自由的限制性中感知和把握"自由"。"自由"的本质要求它不能与不自由相混同，在社会性自由的限制性上：


我的世界已封顶
我的世界没有你

世界有一个美丽心灵　他叫纳什
世界有一个自由灵魂
在美国　他叫林肯
在中国　她叫林昭
　　　　——《我的世界已封顶》


在自由的个体性上，自由与"伤心""降临"与"沉沦"势不两立：


自由的日子怦然降临
心跳已胜过受伤的心

3

下沉的已不是叹息

只有灾难永远沉沦

　　——《我自由的日子接二连三》


从自由的矛盾性中感知和把握"自由"。自由的本质要求"由于自己"，但一枚发现自由恰恰来自意志之外的"被"束缚，"被发酵""被欺骗""被孤独"，甚至"不被"的日子没有意义，"不被发酵的日子不值一提"：


被美酒发酵

被诗歌发酵

被艺术发酵

脸颊红扑扑

很感性很性感

不被发酵的日子不值一提

　　——《一个人需要被发酵》


从自由与时空的紧张关系中感知和把握"自由"。诗人要在"忧伤前"采取什么行动，或许是友谊，或许是爱情，或许别的什么，但这些都不重要，重要的是从把自己的行动从与时间和空间的紧张关系中解放出来：


我需要采取行动　在我忧伤前

梅花落了一地　就晚了

声音到哽咽　就晚了

目光不能向前　就晚了

我不能歌唱　就晚了

　　——《我需要采取行动　在我忧伤前》

# 被绑架的肉身

面对被束缚的自由，即便人可以通过精神的通道建构一种人与世界的互构关系来获得相对"解放"，或通过康德所说的信仰从"现象界"到达"纯粹理性"无法到达的"自由""物自体"，但是，人毕竟是此岸的存在，无法摆脱肉身，人作为自然，被更大的自然所暴力劫持，赎金就是"自由"。人，生而束缚，必须栖息在"现象界"，遭受灵与肉的煎熬，不可奔赴或逃亡，只能臣服或"超越"。

英国哲学家以赛亚·伯林 (Isaiah Berlin) 把"自由"区分为"消极自由" (negative liberty) 和"积极自由" (positive liberty)。消极自由是指没有受到别人干涉或没有受到人为的束缚。比方说，我们不能随意在空中飞翔，但这并不涵蕴我们没有在空中飞翔的自由，因为我们只是欠缺有关的能力而非受到人为的束缚。积极自由是指个人希望能够做自己的主人，而非外在的任何一种力量。换言之，倘若我们能够做到做自己的主人，我们就是自由的了。根据这种划分，如果说，一枚在自由与社会性个体、自由与社会的关系上更倾向于"消极自由"的话，那么她在自由与自己的身体或肉身的关系上，更倾向于"积极自由"，就是说她希望能够做自己的主人，而非外在的任何一种力量。

我的日子接二连三地

遭遇沉重和自由

——《我自由的日子接二连三》

5

这两句是诗的结尾，与这首诗标题《我自由的日子接二连三》相比较，出现了修辞的变化，是说"我"的日子接二连三，或者是诗人暗示：自由的日子接二连三来临之前更多的是不自由和受束缚、不爽的日子，而自由的日子又短暂，更常态的是像等待戈多（参见一枚的诗《等待戈多》）那样的日子，这样的日子常常是沉重和自由同时出现，难解难分。

诗人希望能够做自己的主人，从沉重的束缚中解放出来。这样读者就能解读出来，诗人为什么反复使用天使、翅膀、飞翔、飞鸟、海鸥这些经典意象：


太压抑了头都抬不起
不是头颅太重
而是灵魂太沉
叹息也深
一声声化不开冰霜


窗外有天使飞过
即便是画出来的
只要插上了翅膀就好
你画我吧
先在画里自由闪光飞翔
　　　　　——《要不了多久》



我是一个人
有鸟性 展翅飞翔时
知道爱的方向
所罗门 洪都拉斯 海地 智利 厄瓜多尔 新西兰

汶川 熊本

我是一个人

可以像飞禽走兽那样

无需国界 懂得人类的语言

领会爱的真谛

——《为什么我不是一只鸟 而是一个人》


布拉格

我捡起诗羽

用身体向你飞翔

——《一枚布拉格》


# 自由 太沉

　　一枚是一个天然的存在主义者。在"被束缚的自由／被绑架的肉身"中，她感受到了"自由"的重量："生命／默默无言／却早听说／……／一秒一分一时／却需称量出／呼吸的重量"（《水心》）。"自由 太沉"，是说自由之苦，自由之苦在于自由的沉重，它不仅没有让人从束缚中解放出来，也不可能真正做自己的主人。正如萨特所说，人是生而要受自由之苦的。自由是选择的自由，这种自由实质上是一种"不自由"，因为人无法逃避选择的宿命——选择是"不得不"做出的行动。存在是偶然的、荒诞的。对于人来说，人首先存在着，然后通过自己的选择去决定自己的本质；从抽象的意义上说，人有绝对的自由，人的自由表现在选择和行动两个方面，只有通过自己所选择的行动，人才能认识到自由。

一枚是这样通过爱情来表达"存在的荒诞"和"选择之苦"的：即便在现代更加开放更加宽容的社会空间，当爱情冲破制度设置的藩篱而可以自由选择时，哪怕只因为空间距离或人的身体（肉身）的局限，仍处于"沉重的自由"或"不自由"状态；而作为女性（我并不能确认一枚是一位女权主义者）——爱情活动中一般的被动角色，她更进一步选择了"被动"："我选择原地不动""我选择封存"：

> 这世上有我爱的不止一个地方
> 巴黎上海大理
> 而我只有两条腿
>
> 这世上有我爱的不止一个男人
> 性感的才学的帅气的
> 而我只有一颗心
>
> 为了免于奔波
> 我选择原地不动
> 让地球在我头上旋转
>
> 为了免于伤害
> 我选择封存
> 永恒的柏拉图爱情
> 让天旋地转不再
> ——《这世上有我爱的不止一个地方》

我们从束缚中挣脱出来、解放出来，希望自己成为我自己的主人，但到现在才发觉终点又回到了起点，我们从不自由到自由，从孤独无助又到无助孤独。正因为人要直面"存在"并且"不得不"做出选择，所以当我们面对"选择的痛苦"之后，则产生更深刻的绝望，甚至连绝望也不得不放弃。一枚勇敢地面对这种有关"希望"或"绝望"的独特生命体验和情绪，词采精拔，笔至神来：


　　他们已对我放弃绝望

　　甚至他们也已消失

　　地平线若隐若现

　　垂直线在晨曦中

　　放弃了绝情

　　绝歌在绝色中

　　共同放弃绝望

　　剩下我　逐渐消失

　　——《他们已对我放弃绝望》


## 自由自在 太轻


　　按照一枚自己的描述："我经过多年的失语期，有一天诗神降临，一发不可收拾，天天写，月月写，走路、坐车、看画展，随处写"。有理由相信，诗人在开始用诗歌作为主要的表达、表现语言前，一定经历了一次或几次有关自由危机的生命事件，这个事件或某些事件促使"失语期"终结。"接近你 已是黄昏 / 贴着查理大桥的栏杆 / 读一首自由之诗 / 和着耶稣之语：/ 真理让人得自由"（《一枚布拉格》），如果没有真理的束缚，自由是充满危险性的，也无法获得真正的自由。所以，真正的自由在尘世中并不存在，它只能存在于意义世界，在这个意义上，现实性的自由又恰恰是在真理束缚下的自由，即"沉重的自由"。

"自由自在"的"自在"一词，源于佛教，指得自在的诸佛，后来形容没有约束、十分安闲随意的样子。《我自由的日子接二连三》应是一首情诗，在这首诗中，"自由自在"一词是在与"自由"一词相对的意义上使用的：因为自由被束缚着，人无法真正做自己的主人，所以"自由 太沉"；因为这种"自由之沉重"，所以在"怦然降临"的"自由的日子"中，"自由自在 太轻"，承担不起"我的日子接二连三地 / 遭遇沉重和自由"这种生存状态。

"自由自在 太轻"，这一诗句看似诗人不经意间的轻描淡写，但确是这首《我自由的日子接二连三》诗乃至整部诗集的"诗眼"！其寓意在于：当自由的日子不期而至时，我们遭遇的其实是同时发生的"沉重和自由"，这样必将面临"选择"的"自由之苦"，在世俗世界里，要么不得不选择"自由"，但因为它"太沉"，所以只好逃避；要么选择"自由自在"，但因为"太轻"，所以也必须放弃。

"一千年一万年一亿年 / 太久 / 只争朝露"（《水心》）。"只争朝露"，不能解读成是诗人对"一万年太久 / 只争朝夕"（毛泽东词《满江红·和郭沫若同志》）的调侃，我理解是对"譬如朝露，去日苦多"（曹操诗《短歌行》）的一种呼应。一枚这个存在主义者在继 2014 年以来，在对"苦难""苦闷""抑郁"的诗性"解放"，包括爱情、性爱、友谊、艺术等的大突围中，在 2015—2016 年间，满世界（西到德国、法国、意大利、捷克，北到丹麦、挪威和瑞典，东至日本）地行走和求索，她像海鸥一样，徘徊往返于她自己的此岸与彼岸世界：


　　当海鸥在彼岸展翅飞翔
　　却挡不住此岸的气温骤降
　　情急中下起了大雪
　　做起了雪白的梦

当黎明在彼岸升起

却止不住此岸的黑夜哮喘

应景中听一首月亮之歌

歌中问 谁把月亮涂成了黑色


当冰冷在此岸聚集

却挡不住热流在彼岸融化

热泪盈眶中已过了绵绵岁月

一瞬间 我就要遗忘你

　　　　——《当海鸥在彼岸展翅飞翔》


　　一枚似乎在轻轻地与存在主义挥手作别，"痛更是生不逢时 / 问苍天 苍天说: / 你放下吧"（《经典痛》）；"在坠入梦魇之前 / 我从地狱门口闪开 / 挣扎出黎明"（《失眠》）；"身体承受的轻重 随着细雨 落下 飘逝 / 心事 爱情 肉体 / 石子路 在脚下铺成 / 抽象 成就形而上的意念"（《一枚布拉格》）；"不远处 教堂钟声整点报时 / 天鹅绒 柔中带剑 / 它们似乎预示了未来"（《一枚布拉格》）。诗人为自己开启了乐观主义的精神性转型——由存在主义转向信仰，由爱转向真理（上帝）：


贴着查理大桥的栏杆

读一首自由之诗

和着耶稣之语：

真理让人得自由

　　——《一枚布拉格》


我的问题与被嫉妒无关


我总想起基督

和我的羞愧
　　——《我知道有人嫉妒我》


一段深刻的爱情
竟然也可以成为身外之物


它从我身体里逸出
不再像进入时那样轰轰烈烈


我看见水面上耶稣在行走
云淡风轻　我呼吸平稳
　　——《一段深刻的爱情》


# 余论：一枚艺术空间


　　"一枚艺术空间"在原法租界的雁荡路上。雁荡路是位于卢湾区北部经典的海派老街，1902年筑成，初称军营路，后改称华龙路，其北起淮海中路，向南经兴安路、南昌路，与复兴公园大道连通，与思南公馆咫尺之遥。我们可以这样想象，一枚会经常出没在这条最具小资情调的步行街上：中午进入意大利餐馆吃块 Pizza，喝碗罗松汤，然后朝复兴公园方向行走几步，在思南公馆的法式咖啡点心屋坐下准备过一个静悄悄的下午，用英语要一杯 Espresso 或 Cappuccino，望着落地窗外偶尔经过的行人发一会儿呆，然后摊开笔记本电脑或学生考卷，一边盘算着晚上是否去对面那家日本料理解决晚餐，一边酝酿着灵感，准备随时迎接从天而降的诗句……

或许这个独特的地理空间有助于理解一枚的诗歌及其关联的艺术创作，如摄影、如行为艺术、如收藏等等。一枚对于她的日常生活环境是非常喜爱的，而且享受其中，但对于出入于这个空间的各色人等和步行街上空的物质化和市侩气息并不总是感到愉快，因为：

欢乐来之不易
要冲破
物质主义市侩主义琐碎主义虚荣主义
尤其在上海滩
要冲破
封建家长制
人情面子
官本位等级观
要冲破
自己的牢笼自己的迷雾自己的私心杂念
　　　——《欢乐来之不易》

有时与这种环境感到格格不入，或些许与这种环境保持些暧昧的关系：

这里的下午静悄悄
三几男女　轻声碎碎念
房子　票子　孩子　学子
房东的烦恼　租客的烦恼
邻居的烦恼　同城的烦恼

没有人谈昨天的海子

自杀对他们不可思议

好好日子不过作啥孽



不要谈什么爱情

这里的主导价值观是利益

这里的主流文化是商业文化

谈时尚谈美甲谈美食谈金融最合适



这里的谈话方式要碎碎念

男人要怕女人

男人过小日子

要近的愿望　不要远的理想

女人要嗲，作天作地也能收得住



这里讲靠谱讲事前话要讲清楚

讲规则说话不能声音太响



这里的生活很小资

这里的小资怎么总是小资

大资只有极少数

被边缘　也被仰慕

　　　　——《这里的下午静悄悄》



　　而出入于一枚沙龙空间的另一些人则总能让她欢喜若狂。这些人基本是些曾经令中产阶级不快但最近十年正与这个阶级在审美趣味上越来越"趋向一致"的文化名流，他们是些上海滩或来自全国各地甚至世界各地的名头响当当的诗人、艺术家、学者和文艺批评家们。这一点，诗集中多首与艺术家朋友的赠答诗可以"有诗为证"。

可以完全肯定地说，一枚与这些艺术家们的交往促成了一枚长期"失语期"的戛然而止，并使她获得了从束缚的自由中求得翻身解放的温情和力量，也有助于构架起来她的语言空间及其特征。

很多诗人及艺术评论家对一枚的诗歌语言做过评论，其中令我印象最深的评论是指出了一枚诗歌的"禅意化"（朱其）、"灵性"（杨炼）特征。其实，"禅意化"和"灵性"的外部语言特征就是："直截了当""辞质言直""直指人心"。一枚的很多诗歌都具有这样的特征，本文中所引诗句皆可说明。这样的诗歌需要很高的才质才能完成，或者说需要诗人通灵的才情才能被诗神所青睐。但问题的复杂性在于，常常是诗神给了诗人灵感和卓尔不群的质料，可在通过诗人模仿或书写时，可能会因为诗人一瞬间的"走神儿"而让诗歌、诗句的质量变得参差不齐，让具有很强歌唱性的诗歌变得节奏单一、音调失准。

一枚诗歌中的这点儿问题让我再次联想到她的地理空间 ——雁荡路。这条上海老街是上海最短的路之一，从南到北长度只有 500 米，万国店铺鳞次栉比，密不透风。静下来想一想，这条传奇的老街好像缺了点什么。哦，缺了点儿树和节奏。

2017 年 1 月 15 日于浦东行者居

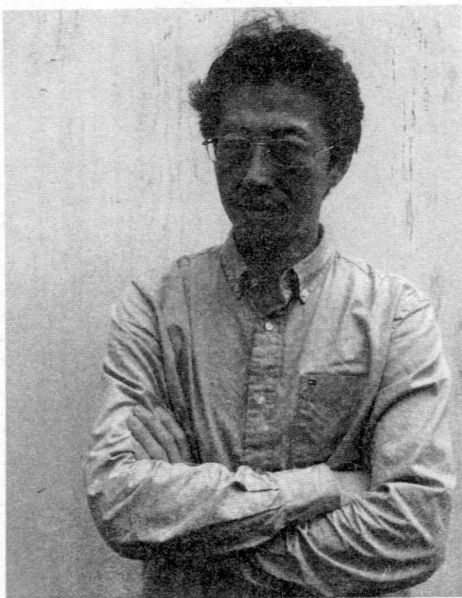

李占刚　一枚摄影

**李占刚，**本名李战刚。二十世纪九十年代在俄罗斯做访问学者和在日本富山大学留学，并获文学硕士学位。2014 年毕业于中国人民大学社会学专业，获法学博士学位，为社会学巨匠郑杭生先生的关门弟子。二十世纪八十年代初开始诗歌创作。著有诗集《无名集》（油印）、《东北 1963》（合集）、《四答灵魂》和《独白》，长篇纪行散文《奔向泰山》。近百首诗歌在《诗歌报》《诗刊》《文学青年》《蓝》等刊物发表，并有作品收录在《中国诗典》《2003 中国年度最佳诗歌》《中国当代风景诗选》等选本中。创办民刊《家园》和大型中日双语文学季刊《蓝》。曾获中国诗书画高峰论坛短诗金奖、中国当代诗歌精神骑士奖等，多次担任"美丽岛"中国桂冠诗歌奖评委。居上海、长春。

# 目 录

## 卷二　致多巴胺

## 卷三　昨天仿佛是期待的明天

## 卷四　睡的是醒来

# 卷五　我自由的日子接二连三

## 一枚诗歌中文原版（5 首）

## 英文版（English version）

## 法文版（French version）

布拉格广场的行为艺术家一枚

卷一

我需要采取行动　在我忧伤前

一枚诗歌行为：在布拉格查理大桥朗诵一枚《自由之诗》，2016年

一枚诗歌行为：在布拉格市立图书馆前朗诵捷克诗人塞弗尔特的诗，2016 年

一枚行为摄影：《水墨青丝》

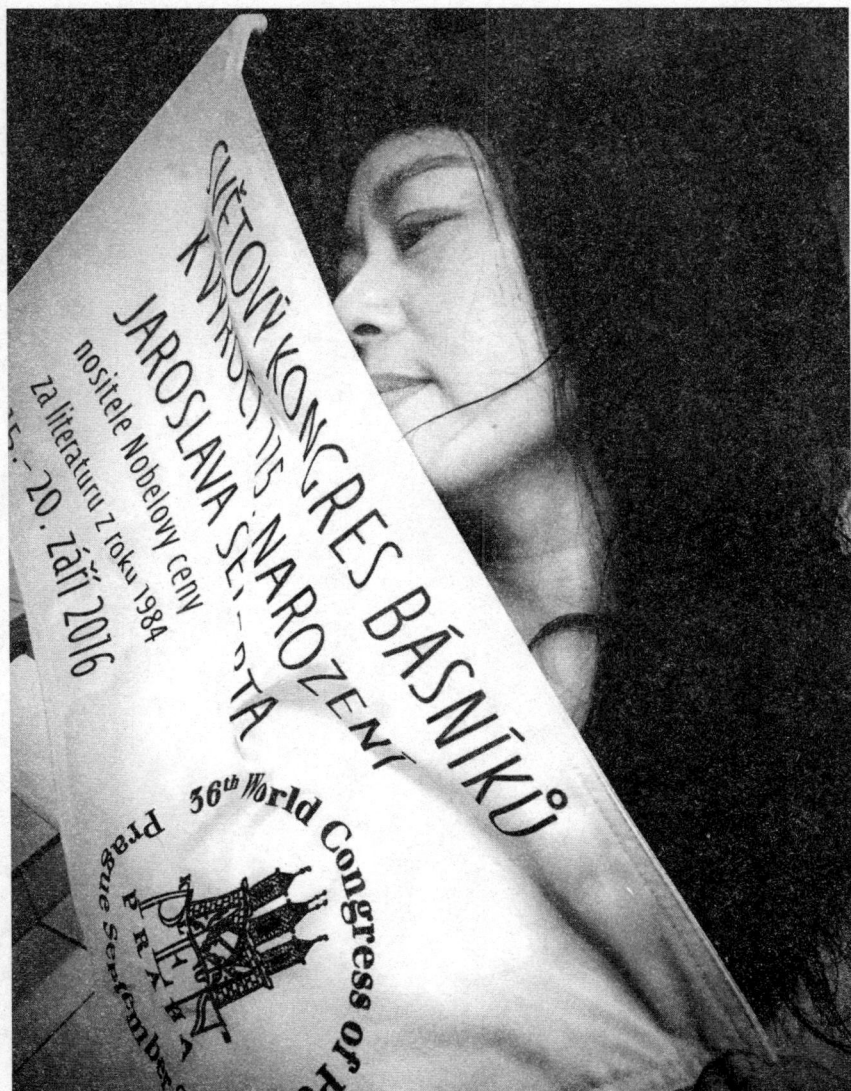

一枚在布拉格诗人大会

## 我需要采取行动 在我忧伤前

我需要采取行动 在我忧伤前
梅花落了一地 就晚了
声音到哽咽 就晚了
目光不能向前 就晚了
我不能歌唱 就晚了

晚饭 吃了吗
到不想吃晚饭 就晚了
晚了 就完了 就迟了

比时间还晚的是天荒地老
比爱情还迟的是姗姗来迟
比完了还完的是糟糕透了
虽然糕点好吃糟酒好喝

比晨曦早的是无眠
比你的问候及时的是自己的问候
爱你总是太晚
爱自己一千年
只在瞬间

我需要采取行动 在我忧伤前

2014.11.3 上海雁荡路

# 一枚布拉格

布拉格
我捡起诗羽
用身体向你飞翔

接近你 已是黄昏
贴着查理大桥的栏杆
读一首自由之诗
和着耶稣之语：
真理让人得自由

正是午安
一群英国人快活喝酒 聊天 面色红润
我走过去拥抱他们
代表上帝和英吉利海峡
身旁一面黄墙
让我从红色布拉格
逃逸出来

继续行走
和眺望
一眼望不到边际的历史
流过今天的伏尔塔瓦河
看来只有拥抱才能缩短时间的距离
看到只有距离才是更好的观望

身体承受的轻重
随着细雨 落下 飘逝
心事 爱情 肉体
石子路 在脚下 铺成
抽象 成就形而上的意念

不远处 教堂钟声整点报时
天鹅绒 柔中带剑
它们似乎预示了未来

2016.9.19 布拉格

## 我知道有人嫉妒我

我知道有人嫉妒我
一个，两个，更多

可这不影响我抑郁、快感或胃口
我的问题与被嫉妒无关

我总想起基督
和我的羞愧

2016.11.6

# 亲自

除了母亲把自己生出来
长大后 事事试着亲自做

亲自离家出走
亲自把自己送回来

亲自做作业 亲自得高分
亲自跳高 打排球 倒立

亲自恋爱
又亲自甩了男友

亲自哭 亲自笑
亲自睡觉 起身 洗浴

亲自失眠 落枕 喝水 松口气
亲自醒来时

又一个亲自的一天
亲爱的你 爱得情不自禁

2016.9.7 上海一枚艺术沙龙

## 周末综合征开始之时

周末综合征开始之时
正是闹肚子闹意见之际
早晨也不是一日之醉了

周末综合征结束之时
正是礼拜一礼拜二之际
好像人生又是一季了

风吹干了湿湿的头发
到礼拜五出门跳舞
酒干了 舞湿透

让我们多礼拜吧
直到天长地久
等待下一个综合周末

2016.8.8 Shanghai

# 一声咔嚓

大脑里装着眼睛
溜达 张望 聚焦
聚焦到一个点 一个面 一个圆
聚焦到你的眼睛 大脑 手 手机

穿透我 穿透你 穿透世界的眼
只为触摸世界的心脏
怦怦 世界寂静 怦然中
一声爆炸

头发炸开 一声咔嚓
将命中注定
要么飘落他方
要么无处可逃

2016.5.23 松江大学城

# 为什么我不是一只鸟 而是一个人

为什么我不是一只鸟 而是一个人
为什么我不是一条蛇 而是一个人
为什么我不是一条鱼 而是一个人
或不是狮子大象 甚至不是猩猩

我是一个人
有鸟性 展翅飞翔时
知道爱的方向
所罗门 洪都拉斯 海地 智利 厄瓜多尔 新西兰
汶川 熊本

我是一个人
可以像飞禽走兽那样
无需国界 懂得人类的语言
领会爱的真谛

风吹过 了无痕
上帝早有心意

2016.5.12 夜 为春野的活动"美丽的熊本诗歌会"所写

# 说片山空

你说他在东，他却在西
你说他在南，他却在北

你说他哭，他又在笑
你说他坏，他对动物都善

你说他爱自由，自由说他不负责
你说他爱艺术，艺术说他爱菩萨

他是一只破袜子 让人垮 让人放松
他是一只匍匐在地的鹰
时而腾空 去啜饮空中的普洱

2016.4.11 Shanghai

## 他们已对我放弃绝望

他们已对我放弃绝望
甚至他们也已消失
地平线若隐若现
垂直线在晨曦中
放弃了绝情
绝歌在绝色中
共同放弃绝望
剩下我 逐渐消失

2016.3.21 凌晨 Shanghai Zapata

# 我一天天好起来

敌人一天天烂下去
我一天天好起来

从呼吸开始
从洗澡开始
从喝杯酸奶开始
从整理衣物开始

从缓慢中开始
从清除面颊痘痘开始
激光的针刺极速得几乎没有疼痛
无须记得　就已结束

从绵柔中开始
做一只温顺的羔羊
开始低头　开始谦卑

2016.1.29 夜 上海

## 失眠

失眠是第三只手
在夜空中焦躁比划
手舞足蹈

在坠入梦魇之前
我从地狱门口闪开
挣扎出黎明

2016.1.25 夜 上海

## 当海鸥在彼岸展翅飞翔

当海鸥在彼岸展翅飞翔
却挡不住此岸的气温骤降
情急中下起了大雪
做起了雪白的梦

当黎明在彼岸升起
却止不住此岸的黑夜哮喘
应景中听一首月亮之歌
歌中问 谁把月亮涂成了黑色

当冰冷在此岸聚集
却挡不住热流在彼岸融化
热泪盈眶中已过了绵绵岁月
一瞬间 我就要遗忘你

2016.1.23 上海一枚艺术沙龙

# 你惦记着身外之物

你惦记着身外之物
我惦记着你

身体好吗 吃得好吗 睡得好吗
窗外的青菜长得绿油油吗
河岸的农妇今天下田吗
猫猫狗狗看门看得好吗

你今天还蓬头垢面吗
不要和椅子一起摔倒
连同 把身外之物也摔得
粉身碎骨

2016.1.7 朱家角渔郎之家

# 炸

当回到城市
城被霾炸成了雾
铺天盖地 浸入心肺

当昨日入群
群炸开
火锅般搅和 热腾

还有一只蚂蚱
从一个群
跳到另一个群

2016.1.5 朱家角渔郎之家

# 冻了

天冷
把手指冻了
把夏天衣服冻了
把桌子椅子冻了
果冻冻得更冷了

可怜的人冻得更可怜了
富人也冻得够呛，比热得更够呛

把思念冻了
把思想冻了
把朋友圈冻了
把诗也冻成只有几行

在冻面前
人人平等

2015.11.27 Shanghai

# 经典痛

经典痛

对于男人
就是咬牙切齿地痛
心受了风寒
躲在一间七零八落的屋子里

对于女人
就是月经也痛
痛更是生不逢时
问苍天 苍天说：你放下吧

2015.11.11 Shanghai

## 老栗

再大的风声 总是惊动到你
再大的雨声 总是淋湿到你

声音 独立电影的声音
如此被生硬粗暴地遏止
脚步 从圆明园到宋庄
如此被刻画在村头村尾

你开始耳聋 音容笑貌却掠过天际
一幅画 一幅字 一句语
一语道出挣扎中的画家

走出村子 走进村子
无人不向你问安
狗狗们也认识你
你却不认像狗一样的人

2015.11.6 夜 Shanghai

# 肚脐

我把自己放在肚脐中心
注视它 默想它
白天惨痛的心事
有些喧嚣 有些眩晕
有些下坠 有些下滑

滑倒了 听说北京下雪
高氏兄弟梦回了北平
雪化了 梦也没有醒来
纽约的秋叶被上海的我摄入
秋渐浓 落叶的忧伤只能选择飘落

来来来 回到肚脐中心吧
奥修神秘地说
原来肚脐是我们来到世上的隔断
它教育我们独立 在柔弱中坚强
也保护它 不让它受风寒受到重击
哪怕缠绵也不能伤害到它

我把自己放在肚脐中心
从中心出发 进入睡眠饮食和工作
更远的路是祈祷和仰望 持续不断

再回到肚脐中心吧
不让心事扩散蔓延

2015.11.6 夜 读奥修肚脐中心论有感，一枚艺术沙龙

# 那是一种红

亲爱和肃穆的十字架
朝向天空和人性的十字架

若放在海洋中
也不会随波逐流
它曾漂洋过海来到中国
当它登上屋顶时却被拆除

蓝色白色红色
色不止于天空
空不止于颜色 蓝白红
红色是这片地的红
远比不上十字架上的红

那是一种红 红得很光芒
它是血 使瞎子看见

2015.11.6 夜 Shanghai

## 两都

霾都和魔都
奋勇和奔涌绝不罢休的邻居

按喇叭 因为看不清
不按喇叭 因为拎得清

嬉笑怒骂
从霾都开始
没完没了从魔都结束

2015.10.3 北京

## 屈原永远委屈

——和吴昧的诗《我们是吃粽子的鱼》

吃粽子想到屈原
无关痛痒地想
龇牙咧嘴地吃
想得很盛的是自己的委屈
爱惜生命 绝不投江
又能怎样
消费粽子 消费心情
消费鱼儿 消费快乐
直到把自己也消费掉
屈原永远委屈


2015.6.20端午节 上海雁荡路

## 我的悲伤只属于自己

我的悲伤只属于自己
无须申报

悲伤是生了病
无须吃药
只要软绵绵的枕头
体温计改量呼吸度

一杯水
一棵草
一枚诗

拿什么拯救悲伤
属于自己的伤悲
只在悲怀中安睡

2015.5.24 夜 上海雁荡路

# 帝都

——和陆渔诗《我的飞翔》

帝都
正沙 飞 石 走
鸟儿和蘑菇暂时停止活动
春天也暂停
陆上的飞翔
只能回到现实主义题材

2015.4.15 魔都

# 风

风
内湿
雨
内流
风流
鼻涕流

2015.4.2

# 比不上

放下比不上洒脱
爱情比不上情怀
人生比不上生命
单纯比不上纯粹
脱离比不上超脱
黑夜比不上黑暗
雾霭比不上雾霾
鬼比不上魔鬼
痛比不上苦
快比不上漫
怀才比不上怀孕
姑娘比不上妈妈
运气比不过顺其自然
开始比不过结束
过程比不过当下
比上 比下 比不上 比不过
看见自己最好
陛下 第二
不比人人

2015.3.12 上海思南公馆

## 忧伤是一把刀

忧伤是一把刀

有些钝 有些缓

更有些软绵绵

将面容切割一层

却割不掉心殇

忧伤比起忧郁

情况稍好

再忧伤 总能缓过气来

而忧郁 是身子也翻不动

忧伤是一把刀

切向回忆

切向幻影中的光明

而切向未来

需要锋利的刀

你缓过气了吗

2014.11.28夜读伊灵文献画册有感

# 随风去吧

随风去吧
列车呼啸而过
穿过我穿过他穿过陌生人
穿过胸膛穿过痛处穿过风
随风去吧
如果彼此无法相通
如果时间也不能跪下我们的膝盖
随风去吧
所有的诅咒所有的漠视所有的不可能
随风去吧
风起舞风低吟风疯狂
列车呼啸而过
终于停下
看见你

2014.11.9 上海地铁 10 号线

## 怀旧是湿的

怀旧是湿的
不远处音乐响起
草地上的人们在拍电影
干草散落一身
于红坊

红坊的斜阳
在一枚空间里
总是正的
红坊很红很粉很抽象
也有湿透时

怀旧是湿的
是湿湿的草
湿湿的土壤
湿湿的油画
和
湿湿的灰烬

2014.10.24. 上海红坊

# 要不了多久

要不了多久
我就自由了
要不了多远
我就到家了

离开你太久太远
你也离开自己太久太远

太压抑了头都抬不起
不是头颅太重
而是灵魂太沉
叹息也深
一声声化不开冰霜

窗外有天使飞过
即便是画出来的
只要插上了翅膀就好
你画我吧
先在画里自由闪光飞翔

2014.4.9 上海万科

# 幻想破灭

幻想破灭了
总认为此地的生活最如火如荼
总认为你我的爱情最要死要活
总认为此地的人们最花花绿绿

幻想破灭了
彼地的人们照样男欢女爱照样患相思病
彼地的生活以逻辑为轨道更井然有序
彼地的女人们更有独立美浪漫美风情美
主要是那里没有剩女及"齐天大剩"

幻想破灭吧
你的自我中心
你的自恋你的虚荣
你的国家中心
你的粉饰太平

地球转得很圆

2014.2.3 浦东机场

# 习惯了

今日雾霾
我们习惯了这习惯了那
习惯了地沟油转基因食品
习惯了假药假货假话假人
习惯了被忽悠与忽悠人
习惯了随众跟风与庸俗
习惯了懒惰混日子等退休等死
习惯了把问题都算了或留给老天爷处理

现在就连
雾霾也习惯了
月亮女神
都已看不透人间了

2013.12.26 上海红坊

# 这一天

清晨收到舅舅过世的电话
下午看到舅舅安详的面容 静静地
最后一日躺在家中

给舅妈电话给表弟电话给哥哥电话
舅舅的妹妹在呻吟 她无法起床或表达
只能哭 无力地哭
干枯的身体快要不能经受活下去

气息在挣扎
抵抗死亡的不可抗拒
或者死亡也有被推翻的可能

临近夜晚
收到爱情的电话
一个有关复活的生命
即将在沉闷的气氛中
诞生

2017.3.12 上海

《维纳恩湖畔的悲情》，2016 年

# 卷二

# 致多巴胺

穿过波罗的海

富士山前的行为艺术家一枚

一枚诗歌行为：在丹麦皇宫广场朗诵一枚《自由之诗》，2016年

一枚诗歌行为：在曼谷朗诵一枚《自由之诗》，2017年

45

## 致多巴胺

美丽的多巴胺 挥汗如雨的你
精神特爽
你带我到多瑙河、巴拿马、多明戈的家乡、多巴哥共和国
古巴也不放过

你在爱情里最得瑟
在美酒里最陶醉
在舞蹈里最飘饶

每个角落都留下你精灵般的神气
还有在画中诗里无不有你的气息
甚至你也打开胃口 吃香的喝辣的

致敬你 多巴胺
没有你 我活不了
晚安 多巴胺 明天见

2016.11.15上海一枚艺术沙龙

# 一个人需要被发酵

一个人需要被发酵
被美酒发酵
被诗歌发酵
被艺术发酵
脸颊红扑扑
很感性很性感
不被发酵的日子不值一提

一个人需要被欺骗
为的是学会
永远不
吃一堑长一智
感情的被欺骗
收不回的是欺骗本身

一个人需要被孤独
被数盏明灯光照着
也依然孤独
孤独如火如冰
世界如何地毁于冰还是生于火
你就如何地死去活来

一个人需要被人需要
也被动物需要
被蚊子咬一口
不需要恼火
被疯狗咬一口
不是被需要问题
是如何管理疯狗的问题

2014.9.19 上海雁荡路空间

## 该隐

该隐
则隐
不该隐
坚决要表达
哪怕表达得
很隐

该隐
杀过亚伯
于是
该隐
隐身于
上帝之面

瘾后更隐
或更
疯狂

2014.8.3 上海雁荡路空间

# 瘾

瘾
无声地潜入
无影无形无物
沿着神经漫开
或扬或抑
扬时如卡拉的扬
抑时如不能飞翔的羽

毛毛雨
治不了瘾
烟加重了瘾
深夜让瘾欲罢不能

瘾
不痛
想活更想活
燃成火焰必是灿烂

上瘾容易
下瘾难
我们是瘾友

2014.7.26

# 没有 ...... 就没有 ......

没有意式浓缩咖啡
就没有苏醒的一天

没有新天地田子坊
就没有更好的去处

没有德国宝莱纳
就没有欢唱的菲律宾乐队

没有早餐奶油吐司
直接午餐工作倾诉

没有西红柿土豆
照样草莓野花盛开

就是我们没有了一切
当然这令人寒颤心酸

就是我们有了一切
一天还是 24 小时不多一秒

一年顶多 365 天
日月星辰也有荒老时

那时我们早已忘记
曾经的战争与和平

2016.1.19 Shanghai Wagas

# 坏了

坏
周春芽的画是坏画
不必追究他好在哪里
好与不好 坏不等于不好
不好比坏更不好
坏，有时挺酷 至少性感
野生疯狂嚣张
一阵狂风而过
比好人好

不好真的不好
所有艺术到最后就是两个字：
好和不好

坏了
今天我家洗脸池坏了
我手指坏了 椅子坏了
鸡蛋也坏了
坏人迟迟没变好

2015.3.25 上海地铁一号线

## 我们的爱如此不着边际

我们的爱如此不着边际
相隔 8000 公里
你每天用 @ 语唤醒我
Guten Morgen Liebling

遥远的阿尔卑斯山
滑雪的你用速度爱上我
你说
这是你此生的事件

注意安全
我说
向我滑行时
着落的地方是海上

2017.2.26 上海一枚沙龙空间

# 从 此

——和 Jasper 的同题诗

我不如你
下狠心说"从此"
我害怕真的
从此 见不到你

我小心说"自此"
给自己一点希望
留一条长长的路
走从此 彼此的路

2016.11.13 法国艺术之路微群

## 一段深刻的爱情

一段深刻的爱情
竟然也可以成为身外之物

它从我身体里逸出
不再像进入时那样轰轰烈烈

我看见水面上耶稣在行走
云淡风轻 我呼吸平稳

正是回忆风起云涌的时候

2016.8.28 上海一枚艺术沙龙

## 我将如何度过你

我将如何度过你
正如你将如何度过别人
或许度过我
也是一道难关
那我关门　还是开门

2016.8.24 上海雁荡路

# 幸福的人更会相聚

幸福的人更会相聚

失落的人们 凑到一块儿
谈如何扬起生活的风帆
失恋的人们 凑到一块儿
谈如何搞定对方 绑定对方
失魂的人们 凑到一块儿
谈如何找回灵魂 重振魄力

打赌吧
他们凑一块儿不会超过三次

吸引力法则说
你的芬芳会吸引同样芬芳的人和物
你的打开会引来万物向你打开
你的当下即在当下开花
并与未来接上枝蔓

幸福吸引幸福
幸福的人更会相聚

2015.4.17 上海

# 进一步确认

进一步确认
每一个男人
都握有一把阳具

无论老壮少
还是美丑恶
黑白黄皮肤

本能之根
万物之源
从女人中升起

落下时
又撑起一把阳伞
竖起一座座大厦

2016.1.21 Shanghai

# 一翻身

一翻身过去
你已在背后
罗马惊闻
天津爆炸
翻身时
又被烧灼

2015.8.12 罗马

# 这世上有我爱的不止一个地方

这世上有我爱的不止一个地方
巴黎上海大理
而我只有两条腿

这世上有我爱的不止一个男人
性感的才学的帅气的
而我只有一颗心

为了免于奔波
我选择原地不动
让地球在我头上旋转

为了免于伤害
我选择封存
永恒的柏拉图爱情
让天旋地转不再

2015.8.2 凡尔赛

# 蓬皮的肚子

蓬皮的肚子很大很艺术
钢管玻璃管塞得结实
转角得现代
切换到中世纪
周围街巷密如网布
肚子里的现代计算机
也密如网布
蓬皮杜塞的人多
培根克莱茵 Le Corbusier 博伊斯方力钧

而广场
法兰西和世界
一片自由艺术和烂漫

我爱蓬皮杜
J'aime Pompidou
Ich liebe Pompidou
杜松子酒也好喝
一起跳肚皮舞吧

2015.7.23 Pompidou

# 当下

当下，当下
当的一下
如叩门

此时
我叩巴黎的门

2015.7.21 Paris

# 窗口贴

上海与巴黎
隔着一夜的伤痛
窗口贴着漆黑
贴着初衷
和背道而飞

2015.7.20 Paris

# 一直往八月九月走吧

一直往八月九月走吧
一直走到巴黎柏林罗马和雅典
这是今早的阳光语录
给我的启示
爱琴海 情深似海

2015.7.16 Costa Coffee

## 等待蝴蝶

等待蝴蝶

要等天晴放光
看蝴蝶是不是飞过来
不能急 不能追蝴蝶
要安静 安详 安然
蝴蝶会降落在你肩上

就像披肩

2015.6.9 一枚诗歌沙龙微群

## 故事马说了

故事马说了
摸到两只乳房才是真相的一部分
其它待摸

真理不能盲抓
要握在真相手里
才能有所灿烂

2015.6.15 一枚诗歌沙龙微群

## 这年头

这年头
男人辛苦，女人悲催
动植物也萎靡不振
连路边乞讨者都失去了希望

2015.6.12 一枚艺术沙龙微群

# 他的诗：给舒冲

他的诗 写得正常

但不是十分正常

三分失眠，深夜时

是呼号 大声怀旧 扑面而来 泪流满面

我们仿佛看得见 听得清


一起在不同空间度过童年

感受母亲的关怀 叮咛

蚊帐里安睡 或醒着 遥想天上的星星

留着长大时回忆 给诗歌做早早的铺垫


他的歌声嘹亮 是男人的歌 少年的歌

不肯长大 不肯失去友谊 爱情 不肯失去悲愤

惠特曼说："空气，你给我谈吐的气息"

舒冲说："诗歌，你给我一条出路"


2017.6.24 上海雁荡路

## 蚂蚁

蚂蚁
成群结队
中国的蚂蚁和美国的蚂蚁
都爱成群结队

非洲的蚂蚁硕大
但也是成群结队
只有人可以不
成群结队

一个人面对一群蚂蚁
是爱它们还是恨它们
蚂蚁无处不在

好在 蚂蚁不是蚊虫
蚊虫也不是仇敌
想恨 恨不起来

2015.6.11 上海雁荡路空间

## 好像每一天都终生难忘

好像每一天都终生难忘
可是每一天都悄然逝去

我的备忘录追不上每一个重大分秒
连一根葱一只番茄一勺芝麻也无法记录

出生后我已经长大
到中年时才记得往事

无法追回　只有轮回
可到时候的你已经不是你

一样的生息　一样的沉寂
最后的哭泣最是悄然无声

2017.5.8 松江大学城

## 我的世界已封顶

我的世界已封顶
我的世界没有你

世界有一个美丽心灵 他叫纳什
世界有一个自由灵魂
在美国 他叫林肯
在中国 她叫林昭

世界是个帐篷
吉普赛人 蒙古人 高加索人
有一晚我们住一个帐篷 全男的
我是唯一女性
世界很安静 也能尊敬

世界是世上最大的帐篷
你是我最大的业障
世界住在地球上
地球村是最好的帐篷
我的世界大过世界
也小过世界
小到缝隙挤不进你
只有小声 叮嘱我拿起武器

我选择住在地球村
从帐篷出来
天天看鸟 飞向天空
时有鸟人 飞扬跋扈
我拿起枪 对准射中

2015.5.26 上海雁荡路空间

# 鱼儿闭不上眼
## ——和向以鲜诗《金鱼笔记》

鱼儿闭不上眼
却能安睡
白天和黑夜

有些人闭上眼
眼珠如算盘
不停翻滚
黑夜漫漫

英雄闭上眼
也不能瞑目
恨山不是水
恨黑不是白

我们相爱
我们说再见
第一天和最后一天
都闭不上眼

我们想做鱼儿
我们也想做英雄

鱼儿死了
也合不上眼
我们活了
也睁不开眼

2015.4.10 思南公馆 Labrioche

# 泉的忧伤

泉的忧伤
也是蛋蛋的忧伤
彼此懂
却不能靠近
虽然春天情不自禁
泉的忧伤和
蛋蛋的忧伤
是一个冬天的忧伤
也很可能是一辈子的忧伤

2015.4.3

# 这里的下午静悄悄

这里的下午静悄悄
三几男女 轻声碎碎念
房子 票子 孩子 学子
房东的烦恼 租客的烦恼
邻居的烦恼 同城的烦恼

没有人谈昨天的海子
自杀对他们不可思议
好好日子不过作啥孽

不要谈什么爱情
这里的主导价值观是利益
这里的主流文化是商业文化
谈时尚谈美甲谈美食谈金融最合适

这里的谈话方式要碎碎念
男人要怕女人
男人过小日子
要近的愿望 不要远的理想
女人要嗲，作天作地也能收得住

这里讲靠谱讲事前话要讲清楚
讲规则说话不能声音太响

这里的生活很小资
这里的小资怎么总是小资
大资只有极少数
被边缘 也被仰慕

这里的男人打女人被看不起
这里是海上
天下还做不到

这里的下午静悄悄

2015.3.27 思南公馆 Labrioche

# 一边儿待着

——和俞心樵诗《退一万步》

一边儿待着去 舅舅说
发呆 发疯 发现 这边儿待着
发福 发财 发烧 中间待着
发情 正是时候 别待着
脱离世俗 加快爱的时速
尽早在一千年内完成
潘金莲的春天 别待着
舅舅又说——
说着说着
批评家开始批评了
一个人不能最终对潘金莲感兴趣
一边儿待着 从黎明待至黄昏
待到弄不清是黎明还是黄昏
原来雾霾又来了
雾霾随时不待着

2015.3.12 上海思南公馆

# 我暂时离开你

我暂时离开你
为了看到更多的你
和更多的自己

风飘 云浮 光照
身在丽江 心也流连
溜走了 是春光无限
系住的 是你的目光

风继续飘 人在旅途
云继续浮 浮光掠影
光撒下 一身的暖意
如你的目光

我暂时离开你
为了向你走得更近
告别容易 相见就在拐角

看见更多的你
看见更多的自己
无言 相握 相拥
两束光的相交
划破黎明长空

2015.2.6 夜 丽江

# 冬日是休战期

冬日是休战期
连拿破仑也撤军
太冷　只能跟天气打
需要保重　有足够的煤火费和过冬的钱
不能冻坏了孩子的手
不能吃太多果冻和喝太多绿茶
可以看看《巴顿将军》
不至于停战后空虚失落

冬日的热火朝天
要么是在雪地上打雪仗
要么在是床上作天作地
喝酒喝到夜半　热气蒸满屋

冬日是缅想期
前年冬日　在加州
你去了　你的诗歌和祈祷还在院子里
你送我的衣服还在我衣柜里
不用洗　还是你的气息
我从此使用加州红做我的门廊

冬日不宜午休
脱了衣服再起身
就像思路脱了节
冬日不宜流泪
鼻涕一把眼泪一把
就像胡子眉毛一把抓

2014.12.3 上海一枚空间

## 过了今天 还有明天

过了今天 还有明天
雨没落下 有几道斜阳
照在上海石库门上
和一家小咖馆

从咖馆窗口看出去
25 年前柏林墙倒塌
更多斜阳照过来
照在一个德国上
和一家小咖馆

过了下午 还有晚上
朋友们来了 又走了
走了 还会再来
也有不再来的
自有他的晚上和明天

过了今天 还有明天
过了晚上 还有午夜后
那时几位大仙正活跃时
这样想 可治疗抑郁症

2014.11.9 Demo Café

# 英伦玫瑰

英伦玫瑰
不都是红玫瑰
被鲜血染红的
既是红玫瑰也是白玫瑰

白玫瑰更红
比如约克郡
彭斯是苏格兰的玫瑰
戴安娜是英格兰的玫瑰
玫瑰也如风中蜡烛
历经千年

英伦的风很大雨也多
空中的乌鸦满天飞
呼啸山庄至今呼啸不已

玫瑰
却如此夺目

玫瑰玫瑰
我小心地爱你
我自由地爱你

我的爱人如一朵红红的玫瑰

2014.9.19 上海雁荡路

# 觅友提问

你长什么样
像花还是像草

你穿什么衣
蝴蝶衣还是猕猴服

你多大
树大还是萝卜大

你干什么活
为自己活为爱人活为地球活

你活得下去吗
哭着活累着活还是木木的活

下一步做什么
步行坐车还是赶马车

2014.6.11 Shanghai

# 致意新西兰

一个国家就是一个公园

道路不宽
房子不高床也很低
人们在公园里玩
晒得黝黑，像半个野人
就连貂也从澳洲移民到此
生儿育女一大堆近乎成灾
新西兰人报而不怨

随处没有名人高官题词
自己的永垂千史
比不上自然的亘古长存
小心翼翼怕惊扰了山湖草木
博物馆美术馆总比政府楼漂亮

教堂更美更新
此国此地此公园
天人合一
却人人平等

2014.2.15 新西兰南岛

## 我的伤痕将天衣无缝

一桩悲情留下一道伤痕
如同累累的硕果
沉甸甸的泪下
和着暖阳 散步 奔跑
或者舞蹈
一起发酵 发酵

非常过瘾
痛比快乐
好像它预示着诞生什么
而且分量绝不会轻
加上祈祷 它
就要飞升 飞升

自愈 自乐 托着你的灵吸
我的伤痕将天衣无缝

2017.3.25 上海一枚艺术空间

一枚诗歌行为：在高氏兄弟作品前朗诵一枚《自由之诗》，2016 年，高氏兄弟拍摄

# 卷三

## 昨天仿佛是期待的明天

行为摄影：《一枚荒城》，泰国清迈，2017 年

《挣脱》，挪威纳柔依峡湾

## 昨天仿佛是期待的明天

昨天仿佛是期待的明天
不长不短却比
天空辽阔
沿着一个结打开
是长长的南昌路思南路瑞金路茂名路

今天与张羽先生谈话
他说去圣山取水做指印作品
为了让生成发生让视觉进化
让原理更基本
不为了终结别人
却给别人留下了纠结等待打开

切实的明天显得不重要
分分秒秒蕴含着美妙美意
喧闹的人群人们无法体会
做个个体成为个体并融化个体
实际的时间显得不重要
岁岁年年留不住你含羞闭目
只待开目

如水如火如果如实
仿佛今生就是来世
叹息一声
不为哀愁
只为可能

昨天仿佛是期待的明天

2014.9.4 上海一枚艺术沙龙

## 我记得你少年时的模样

我记得你少年时的模样
任时间流逝也不从记忆中消失
褪色的是发 不是红色的心脏

血色黄昏 在黄昏与黎明间彷徨
无畏的语气 帝国的崩溃已不再彷徨
语气再坚定些 再坚定些
并持续不断
终于 倒塌 戛然而止

我记得一切山山水水
谈话围绕着它们 它们缠绕着梦境
语气再温柔些 再温柔些
并持续不断
终于 倒下 在你怀抱中

好在 我已不记得
有恨有怨有悲苦
任时间流逝也不长存

2014.11.24 夜 上海雁荡路空间

# 水心
## ——给张羽作品

水
漫过水
水
漫过墨
水
漫过纸

生成
等待漫漫

慢慢等待
发生

生命
默默无言
却早听说

一千年一万年一亿年
太久
只争朝露

一秒一分一时
却需称量出
呼吸的重量

水心
如印


2014.10.17 上海雁荡路空间

# 遗忘了

开始遗忘了
只一片长白云
掠过如烟忆事

逐渐遗忘了
只一条海岸线
拂过都市丛林的刀刀伤痕

已经遗忘了
快了快了
以至于又想起
从哪里来又要去哪里

此时我的心情
如太平洋一样
太平

遗忘不留下遗憾
海鸥正从身旁飞过

2014.2.10 新西兰南岛沿途中

## 今天下了一下午的雨

今天下了一下午的雨
到晚上停了

明天上了一下午的阳
到晚上关了

后天据说一半雨一般阳
到你我这停了
还是继续了

2015.3.30 523 艺术微群

## 小时候打羽毛球

小时候打羽毛球
可以左右手开弓

现在
左手拍摄 右手写诗

球成了请求
请求生活和爱情

2015.10.2 一枚艺术沙龙微群

# 我与年岁打了个照面

我与年岁打了个照面
一面年少　一面中年
一面欢颜　一面惆怅

总是一年又一年
亲切又陌生　遥远
也是一步的距离

我把母亲名字的电话
改为妈妈的电话
妈妈来电话　母亲还健在
这是年岁最好的纪念

打一声喷嚏　醒的是黎明
父亲在天堂　与我们一同醒来

2016.2.6 除夕前夜

# 只怕又一念

一切都会过去
一切都能过去
飞沙走石
云烟雾缭
刀光剑影
在一念中过去
紧闭双眼
一阵轰鸣
倒下
接着
一阵沉寂

一切都会过去
一切都能过去
过去太快
来得太慢

总算来了
落在梧桐树上
总算到了
只怕又一念
太快

2014.6

# 给金子

金夜静好
金身难现
唯有自由女神的召唤
惊艳于夺目的阳光下
才是金子的闪光
闪盘 接通了纤体
只为闪烁
此为一枚金盘

2016.11.19 Shanghai

# 你呢

Jasper 说
我们要展望未来
我说
我将躺着展望未来

正如有人
倒立展望
开枪展望
隐身展望

你呢，Jasper
Jasper 哈哈笑了
说从来没有想过
我好好想想告诉你

告诉世界吧，Jasper
正如我已经通知世界

2016.11.18 上海汾阳路

## 传统很美好

传统很美好
虽然有些缓慢
有些老套

传统的心跳
正是舒缓的节奏
适合一杯咖啡 午后暖阳

来自欧洲的邮件
收到时我刚醒来
没有微信那么随时恼人

你说我们彼此错过也彼此思念
下一个旅行一枚你去哪里
我们可以结伴

我想想
还是好好写封邮件再告诉你
落款 爱你的友人

2016.11.15 Shanghai Mark&Spencer Café

## 时间飞常妙

时间装在时钟里

时间停了 时钟不停
时钟停了 时间不停

时间与时钟步调一致
世界静了下来

时间飞常妙

2016.9.13 Shanghai

# 妈妈那年怀我

妈妈那年怀我
是父母最相爱时

日子有些好转
但依然过年只有半斤猪肉
妈妈依然怀上我生下我
一点不缺斤少两
脸上还有颗红豆

菜园子还有向日葵
太阳花　含羞草
好几种蔬菜　地瓜

奶奶十分满意
妈妈爸爸满意
俩哥哥满意
自己不满意
多年以后
才爱上自己

妈妈这么能怀才
我遇见妈妈时
在十月的一个下午五点多

2015.5.29 凌晨 上海

# 如果

如果风生 请水起
如果击鼓 请弹唱
如果你来了 就停留
如果树枝折了 就别折了心

如果阳光很好 记得养好伤
如果落雨 请打湿你的眼
如果心肠如铁石
如果石头也开花，请不要决意顽梗

如果行走很舒畅，请继续在路上
再向前百米 就会找到路径
风起，路上
水生，火上
如果之歌正在结果

如果是我，我是如果
如果不是万一
请安心
安心如果 如果也香醇

2015.5.13 松江大学城

# 有一天

有一天
我跟真善美跑了
面颊红扑扑
心跳得很响

2015.4

# 做勇敢的人

做勇敢的人
妈妈的话是耳边风
风吹过　勇敢不敢迈步
雷电闪过　暴雨勇敢地倾泻

2015.4.14

## 此刻

此刻 打雷
冒雨如止不住的泪
思想如闪电
自由得如此有声有响

2015.4.2 一枚艺术沙龙微群

# 春天来了

春天来了
妈妈讲故事刚刚开始

严冬腊月生煤炉灌香肠腌咸菜
一手好护理 治病救人
一窝小孩要学画要读书要买冰棍
哦，那是夏天的事

夏天家庭音乐会开始了
吹拉弹唱 竟然诞生了两位后来的艺术家
越来越大的艺术家
分别唱春天来了 石头病得不轻

轻轻地你来了 正如你轻轻地走
挥一挥手 作别西天的云彩
彩云追月 就像爸爸追妈妈

春天来了
妈妈病得不轻
讲过去的事情 脸上展露微笑
妈妈的老孩子们全部返小还童

2015.2.20 年初二 扬州

# 女人总缺一件衣裳

女人总缺一件衣裳
生命总缺一天时光

恨自己不够美
恨生命不够长

恨爱情不能天荒地老
恨恨不能重新变回爱

也恨遗憾
总是得以实现

难忘遗憾
难过的遗憾

2015.6.3

# 光诗

光吃饭有些干巴巴
还要喝酒喝茶聊天地
光一个人有什么意思
还要有狗有鸟有月有人缘
光开心有什么意义
还要有关心 学会给人开门 启蒙更好
不能吃得光光
飞鸟兽禽 对这帮伙伴要口下留情 流泪也不能吝啬
神说，要有光，就有光！
但光也不能太强烈 否则人人失明
光和采
我采 你采 他采 都在乎天上撒下光彩
踩下光彩
从此 天上人间

2014.12.16 松江大学城

# 吐诗

春蚕吐丝

丝不尽

吐云驾雾

驾空气

吐司加培根

加蛋加西兰花也行

青春期是吐思吐意吐荷尔蒙

老年期想吐也吐不出

呕吐难忍

吐意识垃圾

自己准备好垃圾袋

吐意识流吐出流派什么的

有人兜着把你装进艺术诗歌史

吐得一塌糊涂

吐得昏天黑夜

吐到山穷水尽 依然有路

吐到灯火阑珊处

那人和你一起吐

2014.12.15 晚 Shanghai

# 乒乓诗

相爱是乒乓
是一丘之貉
转朱阁，低无眠
月亮代表太阳的心
潮起潮落，大气的乒乓
湿来湿去，缠绵的乒乓
你说我说 猫说狗说
是人与动物间的乒乓
相爱有声响 但不是响尾蛇
是月美阳美，月月美
相爱有弹跳 受伤的心跳得最高
所谓分手
就是不再乒乓

2014.12.9 松江大学城

# 我在战场上写诗

我在战场上写诗
可以写战争
可以写和平
一边打仗，一边写诗

写生，写死
写恋，写瘾
写英雄写小人
明写也暗写
写着打，打着更写

我在战场上写诗
在写诗中
更战争
更和平

2014.8.26 上海雁荡路空间

# 当

当晨雾升起
仿佛被日光抱满

当日光当头
仿佛好人恶人都被照耀

当暴雨来临
仿佛万物被摧毁也被复苏

当夏季说声告别
仿佛秋虫也开始低鸣

当黄昏沉入夜晚
仿佛被星光等待

当歌声升起又落下
仿佛你的配乐
无时不在

2014.8.22 上海复兴公园

# 欢乐来之不易

欢乐
来之不易
要把最自然不过的事做好
比如睡觉
比如吃饭
吃接地气的食物
吸无雾霾的空气
想接天堂的思想
牙不能痛
手指也不能少一截
还不能被人咬一口

欢乐来之不易
要冲破
物质主义市侩主义琐碎主义虚荣主义
尤其在上海滩
要冲破
封建家长制
人情面子
官本位等级观
要冲破
自己的牢笼自己的迷雾自己的私心杂念

欢乐来之不易
欢乐最好
如果加上意义

2014.1.24 上海 10 号地铁

# 看在时间的份上

看在时间的份上
看在落叶的份上
看在一首催人泪下的歌上
看在你曾失去自由时间的份上
这个时间一个婴孩可以长大上学
看在这个雾霾重重的份上
看在仍有种子从土壤中长出
看在一年又转 父母的咳嗽加重
看在 看在 看在
看在时间的份上
请让温柔发生
一次 又一次
看在时间的份上
请让力量发生
从 弱 到 强

2014.11.9 苹果店

# 我走进另一个女人的世界

——写给弥生和一枚

我走进另一个女人的世界

她婚嫁前 我在恋爱
她出嫁时 我不得已离开男友

她生育女儿时 我的皮肤开始严重过敏
她操劳家务时 我的房间空空荡荡 没有洗碗的力气

她的女儿要死要活时 我也生不如死
她开车在美国的旷野里迷路 我也在新西兰的夜晚迷失方向

她写作 世界旅游 我教书 困在海上
她挥泪 为拥有 我也哭泣 为没有 只是那时我们没有相识

有一天我们在东京相遇 转角处认出了自己
眼角处 有一滴清泪

2016.8.29 Xintiandi

# 我踏进你的庙宇

我踏进你的庙宇
感受到你的安宁
一样的世俗之苦

我不去拜你的神
只是轻轻走过
如你点的庙香

2017.2.1 清迈

## 我与我的身体如此亲密

我与我的身体如此亲密
如同对待花草
每日看护 浇水
给予风光雨露

我的身体从母亲里来
从尘土里来
它的精神之父是上帝
也有撒旦 是坏叔叔

我与我的身体保持互动关系
彼此构架 每天沟通
彼此合作 艺术作品非凡
尽管也吵架 堵气 撂挑子

五月的阳光
牵手在玫瑰园
如同恋人 走向婚礼
走向千里之外

2017.5.6复兴公园玫瑰园

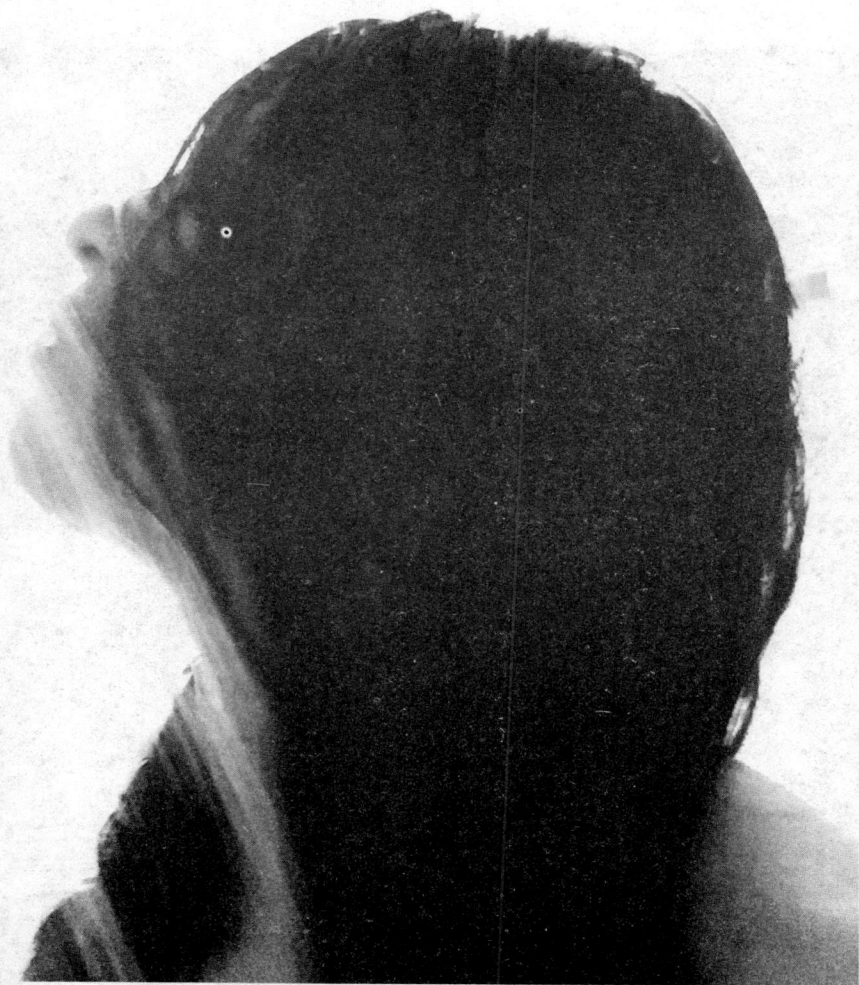

一枚水浴头像

# 卷四

# 睡的是醒来

一枚在柏林无忧宫

一枚在瑞典作家联合会上朗诵诗歌，2016 年

# 非俳句：小菜园

小菜园到
沪日小站

新干线
一衣带水

海豹书法
猴子封锁

上野野趣
娶了夏天

地动
睡的是醒来

2016.7.29 Tokyo

# 非俳句：夏季

夏季的升温
因着秋季的催促

一年五季
一年无季

只因着
峰回路转

或活或绝

2016.7.31 箱根

## 非俳句：太阳

太阳的光辉
刺破了禅意

还是禅意
渗透了太阳

2016.7.30 Tokyo

# 非俳句：浅草

浅草
浅石
宽的帽檐

浅浅的味
深深的道
厚的汗汁

蝉生蝉爱蝉死
缠的都是禅
意在浅浅

2016.7.29 Tokyo

## 非俳句：我不得不空了

我不得不空了
舍去一切虚妄

我空了
当我空了时

裹尸布
裹着
废弃的魂灵

2016.7.28 东京

## 微诗：醒得早

醒得早
未必是苏醒
睡得早
未必是健康
不睡
真好
可以与你说话
隔着地域
也能听见
很香甜也有辣味
夜空里星星
都扑闪着灵感
感动
却遍布全地
早上好
苏醒好

2014.7.23 晨 上海雁荡路空间

# 微诗：感恩节

感恩节
是用来感恩的
感恩快乐和
不快乐
令你不快乐的人和事
感恩起来挺难
所以
感恩节
要凑一起过
先感思
后感恩

2013.11.27 上海红坊

## 微诗：幸福感

幸福感

很细微

你开车接我

你做好饭等我

你用鼻子碰我的鼻子

你削个苹果和梨子

两个放一起

不分离

痛苦感

很巨大

能撑破整个世界

是真的分离

你与我

2013.11.15 万科

## 微诗：女人们

女人们
不要相信
越老越美的美丽谎言
人老心不老
也是谎言
人是会老的
心也会老
如果
你
稍不留意
学会转化吧
至于
转化成什么
因人而异
而我
将转化为
泥土和
另一朵花

2013.11.12 上海红坊

## Stillness

Stillness
Shines over darkness

Silence
Planted in soil of souledness

Speechless
Stunned by your boldness

Breathless
Caught by your caresses

No sound
The war is over
The peace has never come
Only beat beat beat
Click click click

Heart knows no traces

Drop

Let it drop

A drop of water a drop of blood a drop of tear

Runs into stillness


A silent listener

Shimmers

Over blackness


Soon arrives dawn


May 1st,2015, Shanghai Emay Studio

## Time after Time

Time after time

You say time is money

Business is to speed up

We say time is to spend with time

Business is to take time

You take time with tins of coffee

We take time with Jins of tea

Oh how time flies to us both

You laugh looking up at the clock

We smile rather sentimentally

Looking at autumn leaves and sky

And rains drop after drop

Time after time

Will you see me in my next life

I will see you in your heaven

Apr.13th ,2014

（竖排）一枚诗歌行为：在诺贝尔和平奖颁奖厅朗诵一枚《自由之诗》，2016年

# 卷五

# 我自由的日子接二连三

诗人像 / 一枚摄影

旅欧中国诗人杨炼

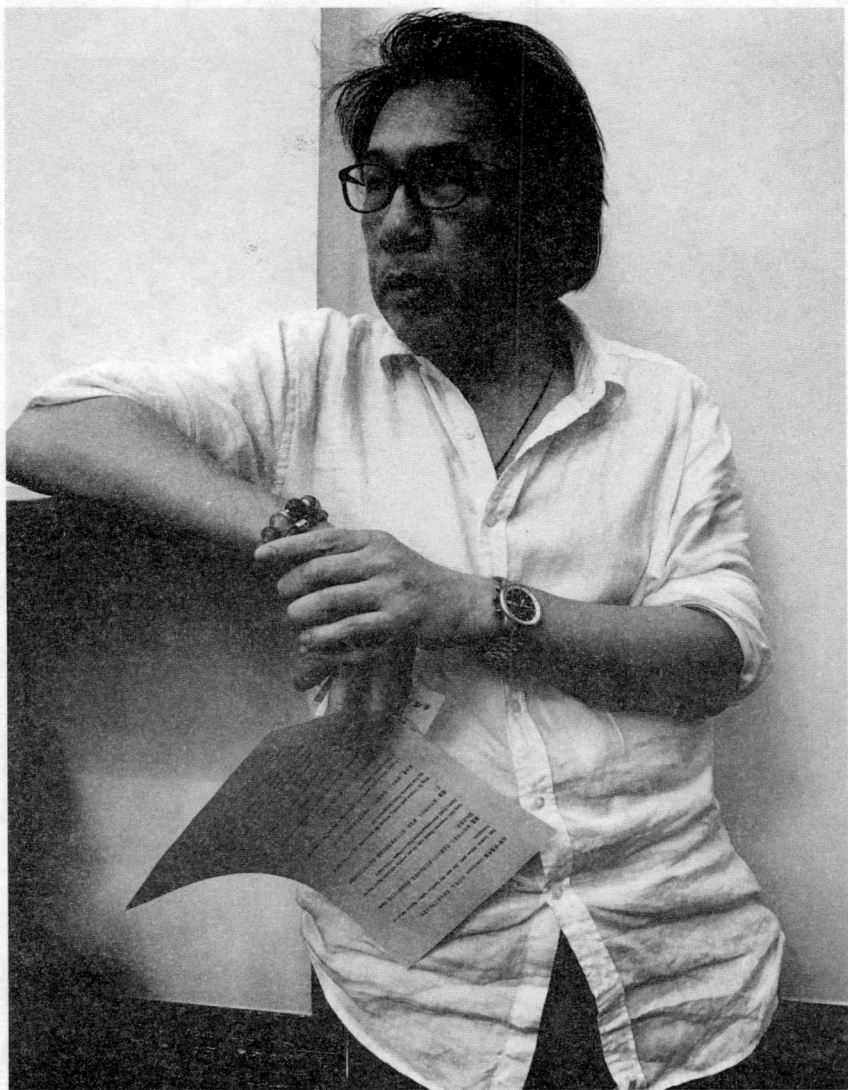

中国诗人西川

中国诗人于坚

瑞典诗人 Bengt Berg 本特·博格

叙利亚诗人 Adonis 阿多尼斯

德国诗人 Jan Wagner 扬·瓦格纳

中国诗人俞心樵

中国诗人默默

中国诗人岛子

德国诗人 Steffen Popp 斯特芬·波普

美国诗人 Terrance Hayes 特伦斯·海斯

古巴裔美国诗人 Victor Nunez 维克多·努涅斯

德国诗人 Hendrick Jackson 亨德瑞克·杰克逊

英国诗人 Sean O'Brien 肖恩·奥布莱恩

139

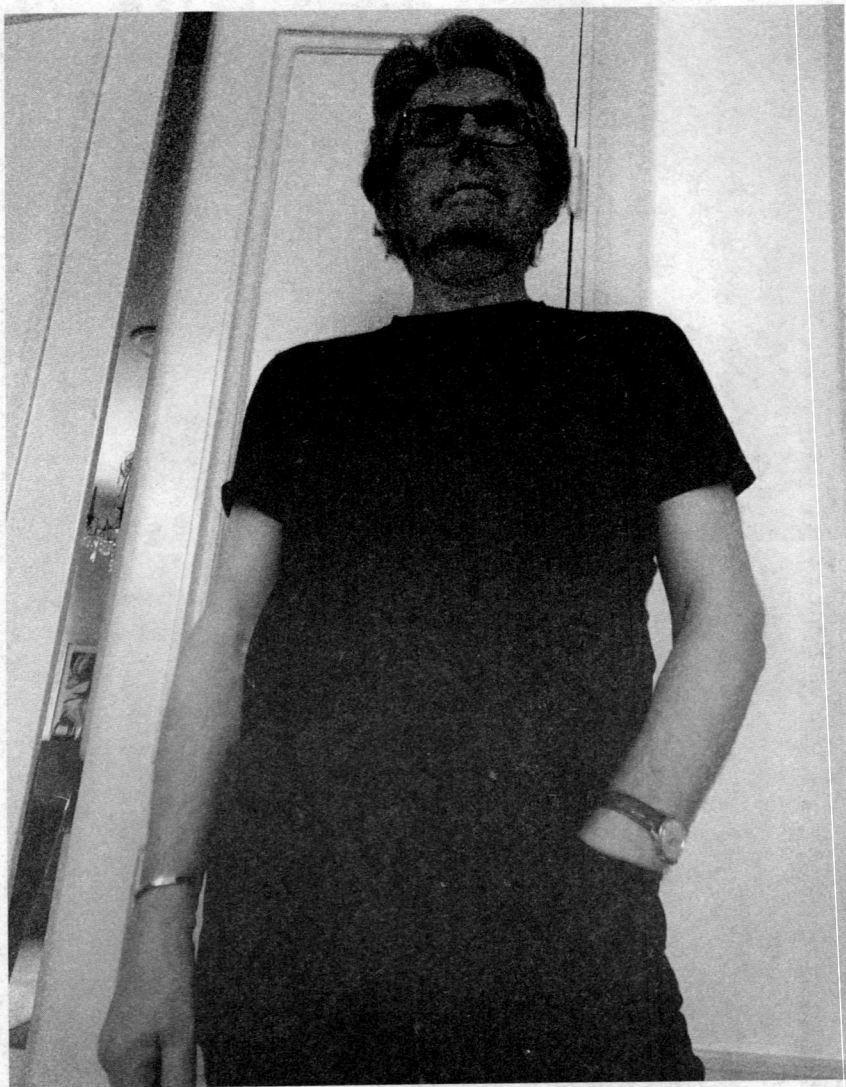

瑞典诗人 Arne Johnsson 阿涅·约翰逊

印度诗人 Rati Saxena 拉蒂·萨克塞娜

日本华文诗人弥生

捷克诗人 Jiři Dedecek 基里·戴德切克

旅欧中国诗人京不特

143

# 我需要采取行动 在我忧伤前

我需要采取行动 在我忧伤前
梅花落了一地 就晚了
声音到哽咽 就晚了
目光不能向前 就晚了
我不能歌唱 就晚了

晚饭 吃了吗
到不想吃晚饭 就晚了
晚了 就完了 就迟了

比时间还晚的是天荒地老
比爱情还迟的是姗姗来迟
比完了还完的是糟糕透了
虽然糕点好吃糟酒好喝

比晨曦早的是无眠
比你的问候及时的是自己的问候
爱你总是太晚
爱自己一千年
只在瞬间

我需要采取行动 在我忧伤前

2014.11.3 上海雁荡路

## 客厅静悄悄 却坐满了人

客厅静悄悄 却坐满了人
无人离席
好像都在等待戈多
或在看《等待戈多》
枯树没有显现
黄昏已过
春天已过夏天已过秋天正过

女主人穿行其中
长发随着诗歌飘起又落下
还有个顽皮的绅士常在客厅外玩
民主的客厅吵吵闹闹
选择不发声也是民主

冬日将至 要把壁炉点起来
木柴噼里啪啦在响
柏拉图康德黑格尔开始说话了
桌上摆着茶、白米饭、面条和中国菜
其中
上海烤麸糖醋排骨最受欢迎

2014.11.5 上海雁荡路空间

## 一把菜刀

吃一口盐
舔一口伤
一把菜刀
除了切菜
又能干嘛

你的叹息
如我的叹息
方向却不同
只能叹息
呼—吸
呼接不上吸
就像暴风雨追不上闪电

静悄悄
却是像要发生什么
是不是快要到达天堂了
一头向着痛楚
一头向着清晰

2014.6.29 Shanghai Canny's Pot

# 继续玩

继续玩
不管风吹雨打
不管有你 没有你
哪怕有鬼 有谎言 有欺骗

接下来
也不管人们怎么看自己
也不管自己怎么看别人
免除灾难 免除困顿 免除障碍

继续玩
玩到微明遇见晨鸟
玩到天花坠落时
此处静悄悄

2016.6.12 上海思南公馆

# 我自由的日子接二连三

我自由的日子接二连三
并从头到脚　接踵而至

自由的日子怦然降临
心跳已胜过受伤的心
下沉的已不是叹息
只有灾难永远沉沦

被束缚的自由
被绑架的肉身
自由　太沉
自由自在　太轻

我的日子接二连三地
遭遇沉重和自由

2015.9.6 Shanghai

英文版（English version）翻译（Translator）：张子清 (Zhang Ziqing)

Yimei's five poems in English version:

## I Need to Take Action before I Feel Blue

I need to take action before I feel blue

It would be late when the plum

blossoms fall over the ground

when my voice is choked into sobs

when my eyes can't see far

nor I can sing any more


Have you had your supper?

It would be late when you

don't want to take it

Late, too late, it is all over

More late than time is everlasting

More late than love is its coming late

More done for is crazy bad

Though good cakes to eat

and good wine to drink

Earlier than dawn is insomnia

More timely greetings than yours

are still your greetings to yourself

Love or to be loved is always too late

Love yourself for a thousand years

as if in an instant

I need to take action before I feel blue

—Shanghai Yandang Road

　Nov.3rd, 2014

## The Living Room Was Quiet,
## but Filled with the Guests

The living room was quiet,

but filled with the guests

No one leaves, but all is there

as if they were waiting for Godot

or watching "Waiting for Godot"

The withered trees haven't shown

The evening is over

Spring & Summer are over

Autumn is in the past


The hostess walks among her guests

with her long hair flying up and down

when the poetry readings go on

But only a naughty gentleman who enjoys

himself outside the living room

Democracy prevails with noises here

but it is also democratic when someone

chooses not to talk

Winter is coming

Build a fire in the fireplace

with firewood crackling

Plato, Kant and Hegel begin to talk

at the table with tea, rice, noodles

and some other Chinese dishes

Most of all, what are liked best are

Shanghai bran dough and sweet-sour pork ribs

—Shanghai Yandang Road

　Nov.5th, 2014

# A Kitchen Knife

What a kitchen knife can do

except for its cutting vegetables

and licking a bit salt


Your sighs are like mine

but different  in the direction

Both of us just sigh—breathe in,

and breathe out heavily in a time gap

between thundering and lightning


All is quiet

as if something has happened

Am I about to reach the heaven?

One end is towards pain

while another towards sobriety


—Shanghai Canny's Pot

　June 29th, 2014

# Have Fun

Have fun

regardless of wind or rain

with you or without you

in spite of ghosts, lies and tricks


Have fun

no matter how people look at you

or how you look at others

as long as exempt from disasters & hardships

and avoid obstacles


Have fun

until you meet the morning birds

in the twilight, and see

flowers falling from the heaven

Silence reigns here


—Shanghai Sinan Mansions

　June 12th, 2016

# My Carefree Days of Leisure

My carefree days of leisure have come through me

one after another from head to feet


My pounding heart has exceeded my injured one

when they come to me all of a sudden

What has sunk is no longer a sigh

but only the disaster always sinks


The freedom that is bound

and the body kidnapped

Freedom is too heavy while

carefree leisure too light


I've suffered heavy barrage and enjoyed freedom

when my carefree days come to me one after another


—Shanghai

  Sept.6th, 2015

**译者简介**（**About the translator**）：

**张子清 (Zhang Ziqing )**：原南京大学外国文学研究所教授，现北京外国语大学华裔美国文学研究中心客座研究员。毕业于南京大学外文系英语专业（1959—1964）；

北京大学富布莱特美国文学进修班（1980）；

南京大学与英国文化委员会合办的英国文学进修班（1981）；

哈佛—燕京访问学者（1982—1983）；

美国富布莱特访问学者（1993—1994）。

中国作家协会会员。

代表作：《20世纪美国诗歌史》（吉林教育出版社，1995，1997）。

主要译作：（英）特德·休斯《生日信札》（译林出版社）、（美）吉米·卡特《总是估算及其他诗篇》（昆仑出版社）和《美国语言派诗选》（四川文艺出版社，与黄运特教授合译）。

主编"华裔美国小说丛书"（译林出版社）、"西方人看中国丛书"（南京出版社）和"亚 / 华裔美国文学译丛"（吉林出版集团有限责任公司，与吴冰教授合作）。

法文版（French version） 翻译（Translator）： **Martine Daly**

Yimei's five poems in French version:

## Il faut agir avant les idées noires

Il faut agir avant les idées noires

Il sera trop tard quand les fleurs

De prunier tapisseront le sol

Quand ma voix se brisera en sanglots

Quand mes yeux s'obscurciront

Quand je ne pourrai plus chanter


As-tu pris ton souper ?

Il sera trop tard quand

Tu n'en voudras plus

Tard, trop tard, tout est fini

Plus tard que le temps est l'éternité

Plus tard que l'amour est son arrivée tardive

Plus à bout à en perdre la boule

Même si ne manque ni la douceur

Des gâteaux ni celle du vin


Plus tôt que l'aube est l'insomnie

Je préfère à tous vos souhaits

Ceux que l'on se réserve à soi-même

Pour aimer ou être aimé il est toujours trop tard

Aime-toi toi-même pour mille ans

Comme si c'était un seul instant


Il faut agir avant les idées noires


—Shanghai Yandang Road

3 novembre 2014

## Le salon était silencieu
## Mais rempli d'invités

Le salon était silencieux

Mais rempli d'invités

Personne ne s'en va, tous sont là

Comme s'ils attendaient Godot

Ou regardaient *En attendant Godot*

On ne voit pas encore les arbres décharnés

Le crépuscule est passé

Le Printemps et l'Eté sont finis

L'Automne n'est plus qu'un souvenir


L'hôtesse va parmi ses invités

Ses longs cheveux flottent derrière elle

Tandis qu'on récite des poèmes

Un seul convive, l'effronté, est sorti

S'amuser dehors

La démocratie s'exprime ici par le bruit des voix

Mais tout aussi démocratique

Est le choix de ne pas parler


L'hiver arrive

Tu fais un feu dans la cheminée

Avec un bois qui craque

Platon, Hegel et Kant se mettent à discuter

Sur la table, du thé, du riz, des nouilles

Et autres plats chinois, surtout les favoris

Les Shanghai bran dough et les côtes de porc aigres- douces


—Shanghai Yandang Road

　5 novembre 2014

## Un couteau de cuisine

A quoi sert un couteau de cuisine

Sinon découper des légumes

Lécher un peu de sel


Tes soupirs sont comme les miens

Mais de direction différente

Nous soupirons tous les deux-

Une inspiration, une longue expiration

Dans le temps qui sépare le tonnerre de l'éclair


Tout se tait

Comme s'il s'était passé quelque chose

Est-ce le ciel là devant moi

D'un côté  la souffrance

De l'autre la sobriété


—Shanghai Canny's Pot

　29 juin 2014

# Amuse-toi

Amuse-toi

Malgré le vent, malgré la pluie

Avec ou sans toi

Malgré les ombres et les mensonges

Malgré les trahisons

Amuse-toi

Peu importe comment tu es perçue

Ou comment tu perçois les autres

Tant que tu sais éviter désastres

Malheurs et empêchements


Amuse-toi

Jusqu'au petit jour

Quand s'éveillent les oiseaux

Et que les fleurs tombent du ciel

Tandis que règne le silence


—Shanghai Sinan Mansions

　12 juin 2016

# Mes jours de loisir insouciant

Mes jours de loisir insouciant

M'ont traversée de part en part

L'un après l'autre


Mon cœur battant oublie sa blessure

Quand ils me reviennent soudain

Ce qui a sombré n'est plus un soupir

Mais seul le désastre ne cesse de sombrer


La liberté ligotée

Le corps kidnappé

La liberté trop lourde

Le loisir insouciant trop léger


J'ai souffert mille entraves et j'ai connu la liberté

Quand mes jours de loisir insouciant

Me reviennent l'un après l'autre


—Shanghai

  6 septembre 2015

法国翻译家 Martine Daly 马蒂妮·达利 一枚摄影

**译者简介（About the translator）：**

**马蒂妮·达利（Martine Daly）**：法国散文家、戏剧评论家和翻译家。为《戏剧工作》《戏剧艺术》《大众戏剧》《艺术媒体》与《戏剧的选择》等许多专业戏剧杂志的撰稿人。现居巴黎。

德文版（German version） 翻译（Translator）: **Birgit Kreipe**

**Yimei's five poems in German version:**

## Ich muss was tun, bevor ich traurig werde

Ich muss was tun, bevor ich traurig werde

Es wäre spät, wenn die Pflaumen-

blüten zu Boden fallen

wenn meine Stimme im Schluchzen erstickte

wenn weder meine Augen weit sehen

noch ich singen kann


Hast du schon zu Abend gegessen?

Es wäre spät, wenn du

es nicht mehr essen magst

**Spät, zu spät, es ist alles vorbei**

Noch später als Zeit ist immerwährend

Noch später als Liebe ist ihr Zuspätkommen

Ist alles vorbei, ist völlig verrückt

Obwohl da guter Kuchen ist

und guter Wein ist

Früher als Dämmerung ist Schlaflosigkeit

Pünktlicher als der Gruß von dir

kommt immer noch der Gruß an mich selbst.

Lieben oder geliebt werden ist immer zu spät

Mich selbst tausend Jahre lang lieben

als ob in einem Moment

Ich muss was tun, bevor ich traurig werde

—Shanghai Yandang Road, 3. November 2014

## Das Wohnzimmer war still,
## aber voll mit Gästen

Das Wohnzimmer war still,

aber voll mit den Gästen

Niemand bricht auf, aber alle sind da

als warteten sie auf Godot

oder schauten „Warten auf Godot"

Die verdorrten Bäume sind nicht aufgetaucht

die Dämmerung ist vorüber

Frühling & Sommer sind vorüber

Herbst geht vorbei


Die Gastgeberin geht zwischen ihren Gästen umher

mit ihrem auf-und abfliegenden langen Haar

während die Dichterlesungen weitergehen.

Aber nur ein frivoler Herr verlustiert sich

außerhalb des Wohnzimmers

Demokratie setzt sich hier lautstark durch

aber es ist ebenfalls demokratisch, wenn jemand

entscheidet zu schweigen.


Der Winter kommt

Mach Feuer im Kamin

mit knisternden Scheiten

Plato, Kant und Hegel beginnen zu reden

am Tisch mit Tee, Reis und Nudeln

und anderen chinesischen Speisen

Am allermeisten, am besten gefallen

Shanghai Weizenkleie und Schweinerippchen süßsauer


—Shanghai Yandang Road, 5. November 2014

## Ein Küchenmesser

Was ein Küchenmesser kann

außer Gemüse schneiden

und ein wenig Salz lecken


Deine Seufzer sind wie meine

gehen aber in verschiedene Richtungen

Wir beide seufzen nur – atmen ein

und atmen schwer wieder aus, in der Pause

zwischen Donner und Blitz


Alles ist friedlich

als sei etwas geschehen

Bin ich im Himmel?

Eine Richtung endet im Schmerz

eine andere in der Ernüchterung


—Shanghai Canny's Pot, 29. Juni 2014

# Hab Spaß

Hab Spaß

ohne dich um Wind oder Regen zu kümmern

mit Dir und ohne Dich

den Geistern, Lügen und Tricks zum Trotz

Hab Spaß

egal, wie Leute Dich anstarren

oder wie Du andere anstarrst

so lange du von Krankheit und Not verschont bist

und vermeide Hindernisse

Hab Spaß

bis Du die Morgenvögel triffst

in der Dämmerung und siehst

wie Blumen vom Himmel fallen

Hier herrscht Stille.

—Shanghai Sinan Mansions, 12. Juni 2016

# Meine sorgenlosen freien Tage

Meine sorgenlosen freien Tage gehen durch mich hindurch

einer nach dem anderen von Kopf bis Fuß


mein klopfendes Herz hat sich sich vor mein verletztes geschoben

wenn sie zu mir kommen, auf einmal

Was gesunken ist, ist nicht länger ein Seufzen

doch nur die Katastrophe sinkt für immer


Die Freiheit, die hörig ist

und der Körper gestohlen

Freiheit ist zu schwer, aber

das sorgenlose Nichtstun zu leicht


Ich habe Sperrfeuer erlitten und Freiheit genossen

wenn meine sorgenlosen Tage kommen, einer nach dem anderen.


—Shanghai, 6. September 2015

德国诗人 Birgit Kreipe 碧尔姬特·克莱普　一枚摄影

**译者简介（About the translator）：**

**碧尔姬特·克莱普（Birgit Kreipe）：**德国诗人，1964 年出生于希尔德斯海姆。从业心理学，而诗歌是其真正的事业。出版作品包括诗集《美丽农场》（2012，柏林）和诗集 *SOMA*(2016，柏林 )。她受邀参加 " 时代艺术节 " 和 " 柏林诗歌节 "。碧尔姬特的诗歌还获得 2014 年 " 伊尔塞飞马文学奖 " 和 " 慕尼黑诗歌奖 "。现居柏林。

一枚于联合国总部大楼前，2017 年

一枚于纽约第五大街，2017 年

# 女人、社会学者、艺术批评家和禅师

## ——读一枚的诗

刘 畅

因有跨界因子，对跨界之人总要注意几分。

一枚，当代艺术家王轶琼的妹妹，前段时间，我刚到王轶琼的宋庄工作室去玩。从照片上看，一枚像轶琼画中的女人，人高马大，苍凉悲怆，毕竟同一血缘，相同因子。和轶琼聊天，他聊到当代艺术需有全能派思维。跨界其实无界，跨界不是什么都干，而是找到适合的表达方式。

初读一枚的诗，就被她的节奏感抓住，她写得任性，但并非没有逻辑，她知道她想要什么，她面对的是什么，其肆意，其强劲，令我想起少年时阅读的一次惊诧：二十世纪八十年代末以《独身女人的卧室》名躁诗坛，被称为"中国女性主义诗歌最重要的代表之一"的伊蕾。二十世纪八十年代末是"传统"新诗与朦胧诗相互摩擦的转型期，伊蕾的诗歌超出心灵层面，向着人性长驱直入。女性诗歌大部分温婉或幽怨，伊蕾、翟永明、尹丽川、吕约、西娃等女性诗歌写作者越过情感层面，观照女性命运，表达出公共特征，具有批评性，构筑成一道女性诗学写作靓丽的风景线。

一枚的诗寂寞与孤独、批判与反思共存。她的诗中有几个角色：女人、社会学者、艺术批评家和禅师。读她的诗，令你无法把她纳入惯常思维，她让你动用耳、眼、胳膊和腿；读她的诗，人也活了起来；她的诗让你痛快，且不是没有触及。她的诗让诗回到词语，让词语念、说之时释放出诗意。

她巫师般信手捻来，不管不顾——

一个人需要被发酵 / 被美酒发酵 / 被诗歌发酵 / 被艺术发酵 / 脸颊红扑扑 / 很感性很性感 / 不被发酵的日子不值一提

她有时是禅师，喋喋不休告诉我们关于时间、永恒的命题——

《昨天仿佛是期待的明天》：实际的时间并不重要 / 岁岁年年留不住你含羞闭目 / 只待开目 / 如水如火如果如实 / 仿佛今生就是来世

她有时是严肃的社会学者——

《光诗》：

不能吃得光光 飞鸟禽兽 对这帮家伙要口下留情

……神说 要有光，就有光！

光也不能太强烈 否则人人失明……

她有时是批评家，张贴自我通缉令——

《吐诗》：自己准备好垃圾袋 / 吐意识流吐出流派什么的 / 有人兜着你装进艺术诗歌史

吐得一塌糊涂 / 吐得天昏地暗 / 吐得山穷水尽依然有路 / 吐到灯火阑珊处 / 那人和你一起吐

她用古诗、流行歌词混合她的诗语音——

《乒乓诗》：

相爱是乒乓……转朱阁低无眠／月亮代表太阳的心／……所谓分手　就是不再乒乓

她身体里住着个名叫"悲怆"的老人——

冬天是休战日／冬日不宜午休／脱了衣服再起身／就像思路脱了节／冬日不宜流泪／鼻涕一把眼泪一把／就像胡子眉毛一把抓


她和自我作战——

《瘾》：上瘾容易／下瘾来／我们是瘾友

《隐》：该隐／杀过亚伯／于是／该隐／隐身于／上帝之面；《一把菜刀》：吃一口盐／舔一口伤／除了切菜／又能干嘛

热点袅绕，噪音频频的全球化语境下，一枚的诗以及她强劲的生命力、暗藏的野心、少女般的任性引起我的注意，她用具有个人特点的语言揭开乱象，她用她的诗句告诉我们她身为女人的孤独、寂寞、倔强、咏叹，感性智性彼此交融，不醉不休。

伊蕾后来喜欢上了油画，从而淡出诗坛；一枚由一个学者转身写起分行文字。对她们来说，"反常""跨界"并不奇怪，这应该是源于她们的内心需求顺理成章的事情。


2015.3.24


刘畅，70后代表诗人，画家。

# 禅 坐 的 力 量

## ——简读一枚的诗《太阳》

汪其飞

　　水和太阳是万物之灵，人与自然互存互生。人与世界的关系，正如摄影师、诗人一枚女士所言：头发与世界的关系——千丝万缕、朝气蓬勃、互融互靠。从一枚的行为艺术，我看到了一位自然、大胆、时而热情似火、时而忧郁如冰的美丽的摄影师；从一枚的这首短诗，我看到了一位真诚、细腻、富有智慧、胸怀万物的魅力诗人。

　　一看到这个题目，就让人感觉太大，很不好下笔，可是诗人一枚不但大胆下手了，而且表现得从容自若、心思缜密，还带给了我震悚。刚读这首诗，一个温馨的画面顿时映入了我的眼帘：一日清晨，阳光明媚，一位纯真的女子，打开了窗帘，一束光射入了她那纯净的眼睛……

　　此诗言简意赅，只有2个小节，短短4句，共21个字(含题目)。是顿悟，是妙语，是火焰，是思考，是禅坐。上节中，诗人想到(或看到)"太阳的光辉刺破了禅意"，此句是火焰，富有力量，动词"刺破"敏锐、智慧地把太阳的威力淋漓尽致地展现了出来，让我们对他(太阳)继续充满期待。在下节中，没想到，诗人却开始反问：还是禅意渗透了太阳？这句话锋一转，不但减弱了太阳的气势，而且对太阳提出了质疑，还启迪了我们的智慧。在这，我们可以大胆、狭义地理解，"太阳"是锋芒的隐喻，而"禅意"象征着修为中平和(或随和)的品质，这样就很容易理解了。其实，绝对的锋芒是行不通的，绝对的平和也是不可能存在的。所以，这二种人或物的特殊形态此消彼长，互融互生，世界方久已。

值得强调的是，此诗短小精悍，但丝毫没有影响其张力、包容力与承载力的大小。前面一小节用了叙述，后面一小节用了反诘；前面的语气是肯定，后面的是疑问。这就让前后形成了强烈的对比，致使语言、结构和语境有足够的张力。诗人一枚在一个小小的稀松平常的生活细节里，提取并凝练了诗意，揭示了深刻的哲理，其创作功底可见一斑。

这首《太阳》是深刻的，她不但揭示生存（和生命），揭示了万事万物之间隐匿的关系，而且呈现出生命本身被语言攫住时的状态，还是积极的禅坐——一来她唤醒了我们对自然、对自身的思考和追问意识，二来引领我们保持安详的心绪，进入一个包容、平和的境界。

2016.8.15 于雅正书斋

附：

**一枚：太阳**

太阳的光辉
刺破了禅意

还是禅意
渗透了太阳
2016.7.30 Tokyo

【英文翻译】：

**Yimei: The Sun**

The brightness of the sun

Punctures the Zen

Or the Zen

Infiltrates the sun


July 30th ,2016  Tokyo

Translated by Shmily Wang


汪其飞，英语语言文学学士，诗人、翻译、诗评人、出版人，《星星》诗刊图书出版中心编辑，微刊《诗声音》总策划，朵金轩文化传媒见诗如面工作室负责人，出版诗集《安静的眼睛》，主编（合作）诗集《见诗如面》、丛书《蓝·诗文丛》。

## 跋

我是三分之一有余的杜拉斯

三分之一有余的苏珊 · 桑塔格

三分之一有余的特丽莎修女

三个加一起才是我


我的作品全然折射了这三方面


我是一枚 也是多枚


我希望读者 因为一枚

所以也美

作者

2017.2.28 上海雁荡路 56 弄一枚艺术沙龙

**作家陈海蓝**：一枚的诗如此感性令我惊讶，有歌唱性；汉语写作本身有发音的局限，其次"字""词"关系很难把握，我发现她的无障碍通行很值得学习。我希望再补充一点：时常关注一枚的诗作，体会到她生命力特殊的蓬勃；在此，词语不可能成为诗意的围墙，而生命则如漫坡而生的野草，抗议加诸其身的束缚以表达其青翠本色。

**文化批评家张闳**：一枚说，她像蚕吐丝一样地吐着诗。我看见她用那些闪闪发光的语言之线，结成存在之茧，悬挂在雁荡路上。我期待有朝一日她能够破茧而出。

**诗人、海外《自由写作》主编阿钟**：一枚很散漫地就把古典情结解构掉了，对我这样一个挑剔的读者来说，我对一枚的几首诗表示激赏，是因为她不光表现出女性主义的特点，而且她的那种散点式的语言出击，真是让人猝不及防，就在这时，一种大爱也像阳光一样从天而降，让我们感到无限暖意。

**诗评家、翻译家张子清**：哇，这么多人夸奖一枚的诗！在众多的评论中，把她的诗说成是自白诗最为贴切，也很中肯。我以为这是中国特色的自白诗，它有幽怨，但没有美国自白诗的阴冷，歇斯底里；它怀着温情和希望，决无美国自白诗的绝望。

**批评家王南溟**：真即诗，只要走到真处，一句话就是一行诗，一枚的诗就是这样的。

诗人、诗评家李天靖：一枚的诗充盈的激情和节奏感，这是作为一个诗人天性中最为可贵的品质，它的现代感的元素——波特莱尔说，诗歌的现代性，一半是它永恒的美，是绝对的；另一半是变动不居，时尚的、道德及情欲的，这是相对的——这一些，还有一枚的诗中的悖谬与对构成的某些张力的自觉，可以看到她在践行中的努力。其诗的经验，陌生化至于深度的一种极致的体验，并用鲜活而至痛的语言的释放，给人灵魂莫名的惊异。

诗人、学者向以鲜：我虽然迄今仍未在生活中见过一枚，但我们却早已相识：在诗歌的微光中，在汉语的幽深处，在灵魂的摆渡时。跨界的一枚（游刃于翻译、诗歌、摄影、音乐之间），以天赋异禀和公正良知，发而为诗，于轻鸣中含大吕，在简约中寓万象，诚一枚之幸，亦诗歌之幸也！

诗人伊蕾：一枚和她的作品是真实的美，像植物、花朵和落叶在这大地上。祝贺一枚诗集出版！

诗人古冈：一枚的诗歌纯净而本分，有些像《当》《遗忘了》等诗篇仿佛回到了前现代的母体："以至于又想起／从哪里来又要去哪里。"（《遗忘了》）其诗意的目标是为了达成终极的安顿。她执拗地信奉纯粹的美感可以置换一个龌龊的俗世，肉体和激情成全了她重造一个世界的美好图景。摄影、行为艺术绝非文字的衍生品，而是所有表达的途径平等地汇聚到这独一的感受体：一枚的感官世界。

**评论家、诗人杨卫：**一枚的诗，就像她的名字一样，是一枚别在日记本上的别针，日常、随性，而又分外别致。在平淡的生活中表达诗意，难；而将诗意引向日常现实，更难。一枚不仅写诗，而且以诗意的生活方式，践行着"诗化人生"的理想，回应了海德格尔的哲学命题，即人应当诗意地栖居在大地上。一枚用诗来感悟人生，这使她的生活充满了斑斓；同时，她将这些绚丽的意象不断带入现实，又使她的存在本身，成了一枚扎进时间深处的款款诗意。

**诗评家郭吟：**唯有个性、特别处，才有意味。我们总希望从一首诗、一幅作品里，像面对面谈话、交流时知道了对方，了解到他（她）的灵魂。对由此传达出的特殊信息和具体的事实，我们才能做出直接的反应和心灵上的感应。一枚的诗和摄影，好就好在像面对面的谈话，可以触摸；像交流时的眼神，可以意会，自然而感性。

**诗人梅老邪：**她想知道上帝每天在干什么，在想什么。她也想让上帝知道她每天在干什么，在想什么。她从很小的时候，就给上帝写信，她写了一封接一封。她每天都在期待，上帝的回信。她的渴望是那样的热烈，那样的真切。这，就是一枚的诗。这，就是那个天天给上帝写信的诗人一枚。

**图书在版编目（CIP）数据**

我需要采取行动 在我忧伤前 / 一枚著. - 北京：中国文联出版社，2017.9

ISBN 978-7-5190-3059-9

Ⅰ. ①我… Ⅱ. ①一… Ⅲ. ①诗集－中国－当代

Ⅳ. ①I227

中国版本图书馆CIP数据核字(2017)第228824号

## 我需要采取行动　在我忧伤前

| | | | |
|---|---|---|---|
| 作　　者：一　枚 | | | |
| 出 版 人：朱　庆 | | | |
| 终 审 人：奚耀华 | | 复 审 人：周劲松 | |
| 责任编辑：卞正兰 | | 责任校对：汪其飞 | |
| 封面设计：姚　红 | | 责任印制：陈　晨 | |

出版发行：中国文联出版社

地　　址：北京市朝阳区农展馆南里 10 号，100125

电　　话：010-85923019（咨询），85923000（发行），85923020（邮购）

传　　真：010-85923000（总编室），010-85923020（发行部）

网　　址：http://www.clapnet.cn　　http://www.claplus.cn

E - mail：clap@clapnet.cn　　　bianzl@clapnet.cn

印　　刷：四川金邦印务有限公司

装　　订：四川金邦印务有限公司

法律顾问：北京天驰君泰律师事务所徐波律师

本书如有破损、缺页、装订错误，请与本社联系调换

| | | | |
|---|---|---|---|
| 开　　本：880×1230 | | 1/32 | |
| 字　　数：140千字 | | 印　张：7 | |
| 版　　次：2017 年 9 月第 1 版 | | 印　次：2017 年 10 月第 1 次印刷 | |
| 书　　号：ISBN 978-7-5190-3059-9 | | | |
| 定　　价：50.00 元 | | | |